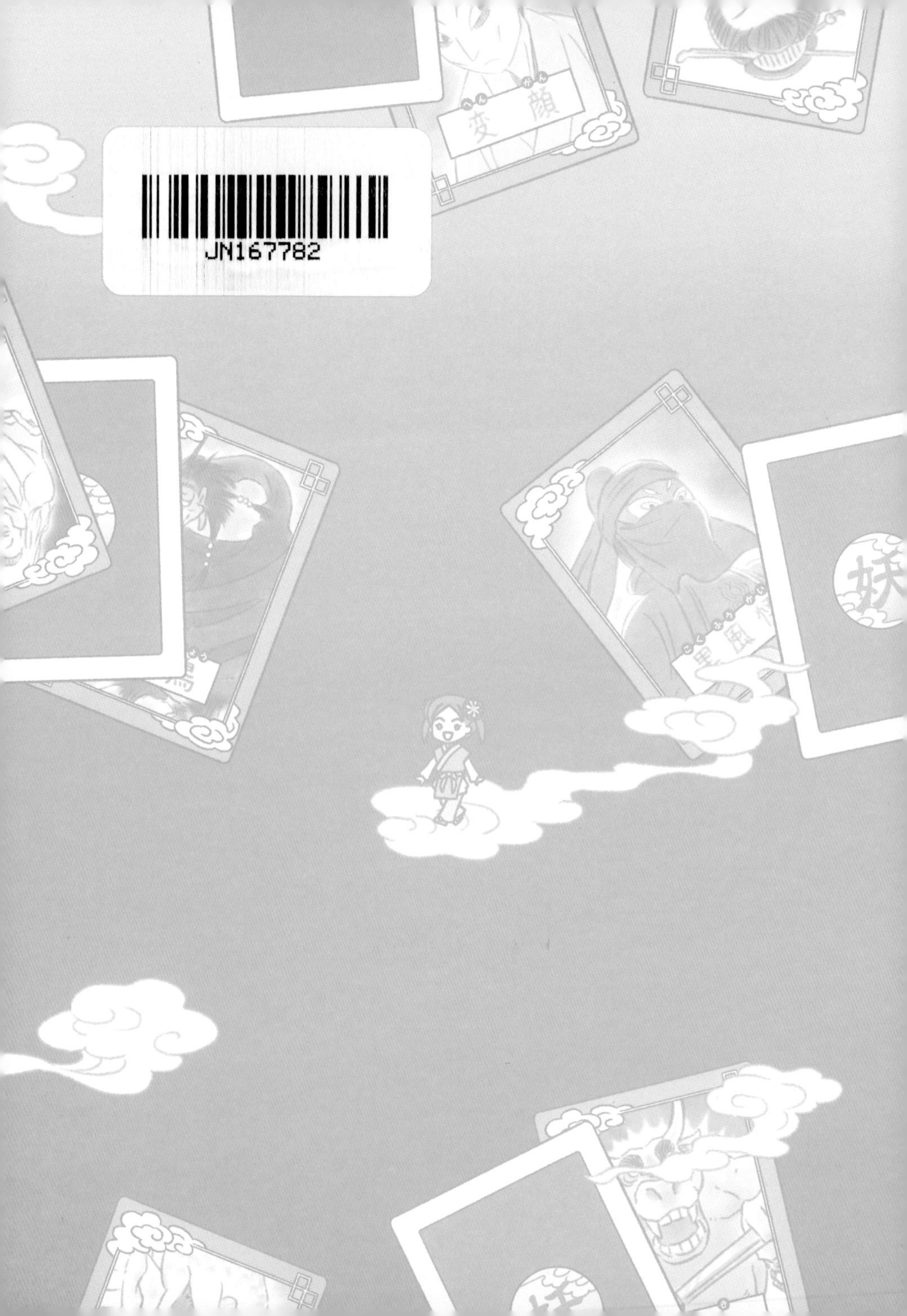
変顔《へんがん》
妖
妖

妖怪道中《ようかいどうちゅう》三国志《さんごくし》 参

孔《こう》明《めい》 vs. 妖《よう》怪《かい》孔《こう》明《めい》

三田村信行・作　十々夜・絵

登場人物紹介《しょうかい》

夏花《かか》（大河原夏実《おおかわらなつみ》）
“考えるより行動！”派《は》。
正義感《せいぎかん》が強く、好奇心《こうきしん》おうせい。

佐山信夫《さやまのぶお》（信助《しんすけ》）
歴史大好《れきしだいす》きな
「江戸《えど》時代オタク」。
佐山博士《さやまはかせ》とともに、
変顔《へんがん》を追う。

蒼太《そうたい》（早川蒼一《はやかわそういち》）
妖怪《ようかい》ゲームの達人《たつじん》。
勘《かん》がよくはたらく。
クラスメイトの夏実《なつみ》を
ちょっと意識《いしき》している。

2111年（現在《げんざい》）
3人で妖怪《ようかい》の本当の姿《すがた》を
伝《つた》えるため活動中

1805年（江戸《えど》時代）
妖怪《ようかい》を追って東海道《とうかいどう》を旅！

208年（三国《さんごく》時代）
歴史《れきし》をまもるための
旅をつづける

これまでのお話は…

歴史学者《れきしがくしゃ》・佐山博士《さやまはかせ》のもとから、三国《さんごく》時代の予言書《よげんしょ》がうばわれた。
「変顔《へんがん》」という妖怪《ようかい》はその巻物《まきもの》を使って「三国志《さんごくし》」の時代を変《か》えようとしている。
蒼一《そういち》・夏実《なつみ》と佐山博士《さやまはかせ》の孫の信夫《のぶお》の三人は歴史《れきし》をまもるために動きだした。
信夫《のぶお》と博士《はかせ》は2111年で変顔《へんがん》を追い、蒼一《そういち》と夏実《なつみ》は「赤壁《せきへき》の戦《たたか》い」を起こすため、
三国《さんごく》時代へ行くことに。
三国《さんごく》時代で孔明《こうめい》と張飛《ちょうひ》に出会い、名前を変《か》えていっしょに旅をすることになった
二人だったが、つぎつぎと妖怪《ようかい》におそわれて…？

張《ちょう》飛《ひ》

「三国志《さんごくし》」の重要《じゅうよう》人物。
天下無敵《むてき》の豪傑《ごうけつ》だが、
じつは妖怪《ようかい》が
苦手。

孔明《こうめい》

「三国志《さんごくし》」の中心人物。
天才的《てき》な能力《のうりょく》を持つ
軍師《ぐんし》だが、争《あらそ》いごとが
きらいで気弱。

黒風怪《こくふうかい》

魏《ぎ》の曹操《そうそう》の命令《めいれい》で、
孔明《こうめい》をつけねらう
「間者《かんじゃ》」（スパイ）。

佐山博士《さやまはかせ》

信夫《のぶお》の祖父《そふ》で、
歴史《れきし》学者。
中国《ちゅうごく》の歴史《れきし》が専門《せんもん》。

変顔《へんがん》

巻物《まきもの》をうばい、「赤壁《せきへき》の戦《たたか》い」を
なかったことにしようとしている。
どんな顔にもなれる妖怪《ようかい》。

もくじ

蒼太《そうたい》たちが旅する

『三国志《さんごくし》』の世界とは…

『後漢《ごかん》』という時代の末期《まっき》、国は乱《みだ》れ、各地《かくち》で戦乱《せんらん》が起こっていた。そんななか、大きな力をもつ三人の英雄《えいゆう》があらわれた。『魏《ぎ》』の国の曹操《そうそう》、『呉《ご》』の国の孫権《そんけん》、『蜀《しょく》』の国の劉備《りゅうび》。三人は、中国《ちゅうごく》を統一《とういつ》するため、さまざまな戦《たたか》いやかけひきをくり広げていく――。

あばれ牛にご用心！

一

孔明《こうめい》・張飛《ちょうひ》・蒼太《そうたい》・夏花《かか》の四人は、今日も呉《ご》の柴桑《さいそう》に向かっていた。孔明《こうめい》と夏花《かか》が乗った馬を張飛《ちょうひ》が引き、蒼太《そうたい》はロバに乗っている。べつに急ぐでもなく、かといって、わざとのんびりしているわけでもない。ごくふつうの足取りで進んでいる。

蒼太《そうたい》と夏花《かか》は、重大な使命をおびて、二一一一年の未来《みらい》から孔明《こうめい》や張飛《ちょうひ》が活《かつ》躍《やく》する三国志《さんごくし》の時代にやってきた。その使命とは、呉《ご》の孫権《そんけん》と蜀《しょく》の劉備《りゅうび》が手を結《むす》んで、魏《ぎ》の曹操《そうそう》に立ち向かう〈赤壁《せきへき》の戦《たたか》い〉を成功《せいこう》にみちびくことだ。

三国志《さんごくし》の世界では、劉備《りゅうび》の軍師《ぐんし》である孔明《こうめい》は、劉備《りゅうび》と手を組んでともに曹操《そうそう》と戦《たたか》うよう孫権《そんけん》や重臣《じゅうしん》たちを説得《せっとく》するために、舟《ふね》で長江《ちょうこう》の下流の柴桑《さいそう》に下ることになっているのだが、今は蒼太《そうたい》たちといっしょに陸路《りくろ》を行っている。張飛《ちょうひ》によれば、それは曹操《そうそう》の間者《かんじゃ》（スパイ）をあざむくためだという。

「舟《ふね》で行けば、すぐに孔明軍師《こうめいぐんし》が呉《ご》に向かったとわかって、警戒《けいかい》されてしまう。陸路《りくろ》を取れば、軍師《ぐんし》がまだ動かないとみて、間者《かんじゃ》も油断《ゆだん》してるだろうからな」

しかし、そうもいっていられなくなってきた。黒風怪《こくふうかい》とかいう曹操《そうそう》の間者《かんじゃ》の妖怪《ようかい》が、孔明《こうめい》をつけねらっているのがわかったからだ。黒風怪《こくふうかい》は、孔明《こうめい》をさらって曹操《そうそう》のところへつれていき、曹操《そうそう》の軍師《ぐんし》にさせるつもりらしい。そんなことになったら、未来《みらい》はめちゃめちゃだ。

とにかく、今いるこの時代は、蒼太《そうた》がよく知っている三国志《さんごくし》の世界とだいぶちがっていて、黒風怪《こくふうかい》をはじめ、行く先々で妖怪《ようかい》に出合う。その原因《げんいん》は、自分たちが未来《みらい》からこの時代にやってきたために起こった変化《へんか》だとわかっているけれど、この変化がどこまでつづくのか、ちょっと心配になる。

「孔明《こうめい》さんはなんだかたよりないし、張飛《ちょうひ》さんは妖怪《ようかい》が苦手。あたしたちががんばらないと」

「そうだね。どんなにちがっていても、赤壁《せきへき》の戦《たたか》いは起こるだろうから、なんとしても成功《せいこう》させないとね」

と、夏花《かか》と蒼太《そうた》は気をひきしめあった。

孔明《こうめい》と張飛《ちょうひ》は、そんなふたりの気持ちを知ってか知らずか、

「わたしが曹操《そうそう》の軍師《ぐんし》になったら、どうなるだろうなあ」

「さあて。曹操《そうそう》に気に入られるかどうか」

などと、冗談《じょうだん》をいいあっている。

そうやって、ぽくぽくぽくと四人が馬とロバを歩ませていると、馬に乗った男が追いついてきて、話しかけた。

「あんたたち、どこへ行くのかね」

「ご主人さまの兄上が、二十里（この時代の一里は約四一五メートル）先の県《けん》城《じょう》におられるので、そこへ行くところでさあ」

張飛《ちょうひ》がでたらめをいった。

「そうか。そりゃ大変《たいへん》だな」

男は、孔明《こうめい》と張飛《ちょうひ》をじろじろ見やりながら、うなずいた。

「ところで、あんたたち、今晩《こんばん》の宿は決まっているのかね」

「いえ、まだ決めていません」

孔明《こうめい》が答えた。

「それはちょうどよかった。わたしがいいところを紹介《しょうかい》してあげよう」

男は、自分の馬を孔明《こうめい》の馬と蒼太《そうた》のロバのあいだにわりこませてきた。

「ここから二里ほどのところに、牛金《ぎゅうきん》というお宅《たく》がある。主《あるじ》の牛金《ぎゅうきん》さんは牛商人で、よい牛を育てて売り、大金持ちになった。武芸者《ぶげいしゃ》が大好《す》きでな、諸国《しょこく》から武芸自慢《ぶげいじまん》の者たちを集めてめんどうをみている。見たところ、あんたたちも武芸《ぶげい》が達者《たっしゃ》なようだ」

男は、張飛《ちょうひ》の蛇矛《じゃぼう》と孔明《こうめい》の蒼竜剣《そうりゅうけん》に目をやった。

「あんたたちなら、牛金《ぎゅうきん》さんがよろこんでむかえいれてくれること、まちがいなしだ。どうだ、行ってみては」

男は熱《ねっ》っぽい口調で、しきりにさそう。

蒼太《そうたい》はなんだか胸《むね》さわぎがした。ただの親切とは思えない。孔明《こうめい》はともかく、張飛《ちょうひ》が乗らなければいいんだけどと思ったとたん、

「そこでは、酒を飲ませてくれるのかね」

張飛《ちょうひ》が聞いた。

「もちろんだ。牛金《ぎゅうきん》さんは太《ふと》っ腹《ぱら》なお方だから、いくら飲もうがいくら食べようが、いやな顔ひとつしない。飲みほうだいに食べほうだいさ」

「酒が飲めれば、おれは文句《もんく》はない。どうかね、ご主人さま」

張飛《ちょうひ》は孔明《こうめい》をふりかえった。

「さて。四人でおじゃましては、かえってめいわくではないですか」

孔明《こうめい》が遠慮《えんりょ》がちにいった。

「なに、めいわくなんてことはない。牛金《ぎゅうきん》さんのお宅《たく》には、いつも十数人の武《ぶ》芸者《げいしゃ》がごろごろしていて、なかには、ひと月もふた月もいつづけている者もい

る。四人ぐらいふえたって、どういうことはない」

蒼太《そうたい》は、しきりに首をふって孔明《こうめい》の注意をひこうとしたが、孔明《こうめい》は気づかずに、

「そういうことなら、お世話になりましょうか」

と、あっさりうなずいてしまった。

「よかった。では、わたしが案内《あんない》しよう」

男はにやりとわらって、馬を先に進めた。

しばらく行くと、運河《うんが》にかこまれた町が見えてきた。牛金《ぎゅうきん》の屋敷《やしき》は、町の西側《がわ》の一角にあった。土塀《どべい》をめぐらせた広い邸宅《ていたく》だ。

牛金《ぎゅうきん》は五十歳《さい》ぐらいの年かっこうで、太いまゆと大きな鼻とぶあついくちびるをした、いかつい顔の男だった。

「やあ、よく来られた」

牛金《ぎゅうきん》は、にこやかに四人をむかえた。といっても、蒼太《そうたい》と夏花《かか》はおまけのようで、太いまゆの下のぎょろりとした目は、張飛《ちょうひ》と孔明《こうめい》にそそがれていた。

「なかなかりっぱな方たちだ」

満足《まんぞく》そうな笑《え》みが、牛金《ぎゅうきん》の口もとにうかんだ。

「お世話になります」

孔明《こうめい》が頭をさげた。

「なんの。遠慮《えんりょ》せずにゆっくりしていってくだされ。おい、部屋に案内《あんない》してさしあげろ」

牛金《ぎゅうきん》は、四人をつれてきた男に向かって、あごをしゃくった。

「へい。さあ、こちらへどうぞ」

男が先にたって部屋に案内《あんない》してくれた。

「ここでしばらく休んでいてください。夕食になったらよびに来ます」

男はそういって、でていった。

「蒼太《そうたい》、さっきしきりに首をふってたけど、どういうわけ？」

男の姿《すがた》が見えなくなると、すぐさま夏花《かか》が口をひらいた。やっぱり夏花《かか》だ。気がついていてくれたんだと、蒼太《そうたい》はうれしくなった。

「なんだか、胸《むな》さわぎがしたんだよ」

「胸《むな》さわぎって？」

「つまりさ、あの男のさそいに乗ったら、なにかよくないことが起こるんじゃないかと思ったんだ」

「どうしてそう思うのよ」

「だってさ、あの男、なんだかしつこかったじゃないか。おれたち、というより、孔明《こうめい》さんと張飛《ちょうひ》さんに目をつけて、なんとかこの屋敷《やしき》につれてこようとしてたんじゃないかな。だから、さそいに乗らないようにって、首をふってたんだけど――」

「そういわれれば、そんな気がしないでもないな」

孔明《こうめい》がうなずいた。

「ここへついてから、あの男の口ぶりも使用人みたいになっていたしな。ただの親切ではないのかもしれない」

「なあに。どんなたくらみがあろうと、おれの蛇矛《じゃぼう》と孔明軍師《こうめいぐんし》の蒼竜剣《そうりゅうけん》があれば、なんとでもなるわさ」

張飛《ちょうひ》ががははとわらって、ひげをしごいた。

「妖怪《ようかい》さえでなければね」

夏花《かか》が皮肉った。

「それをいうなって」

張飛《ちょうひ》が頭をかいた。

「とにかく、黒風怪《こくふうかい》のこともあるから、気をつけよう。張飛《ちょうひ》どのも、あまり飲みすぎないようにしてください」

「まあ……な」

張飛《ちょうひ》は不承不承《ふしょうぶしょう》うなずいた。

しばらくすると、夕食のしたくができたとかで、四人は使用人らしい女に食《しょく》堂《どう》に案内《あんない》された。食堂《しょくどう》にはほかに三人の客がいた。三人とも大柄《おおがら》でたくましい体つきをした若者《わかもの》だった。

四人が席につくと、例《れい》の男がはいってきた。

「みなさん、料理《りょうり》も酒もたっぷりありますから、遠慮《えんりょ》なく食べて飲んでください。たりなくなったら、すぐに運んできます」

そういって、男がぱんぱんと手をたたくと、召使《めしつか》いたちが中央の卓《たく》にのっていた料理《りょうり》や酒をつぎつぎに客の席《せき》に運んできた。

「おお、こいつはうまそうな酒だ」

張飛《ちょうひ》が、さっそくぐびりと杯《さかずき》をかたむけた。孔明《こうめい》と三人の若者《わかもの》も杯《さかずき》を手に取った。

「そうだ、子どもたちはこんな酒の席《せき》にいちゃいけないな。べつの部屋で食べたほうがいい。こっちへおいで」

男が手招《てまね》きした。蒼太《そうた》と夏花《かか》が顔を見あわせてためらっていると、孔明《こうめい》がいった。

「そうしなさい。わたしは、張飛《ちょうひ》どのが飲みすぎないように見張《みは》っているから」

「はい」

「わかりました」

孔明《こうめい》のことばにしたがい、ふたりは男のあとについて食堂《しょくどう》をでた。男は、通《つう》路《ろ》を右や左に何度もまがって、ひとつの部屋にふたりをつれていった。

「ここで待っていろ。すぐに食事を運んでやる」

ぞんざいな口調でいうと、男は小さな卓《たく》の上に灯《あか》りをおいていった。

「お腹《なか》すいたあ」

「あっちでいっしょに食べてもよかったのにな」

夏花《かか》と蒼太《そうたい》は、空きっ腹《ぱら》をかかえて、食事がとどけられるのをひたすら待った。

ところが、いくら待っても一向に食事が来ない。

「なにしてんだろう」

ようすを見ようと、蒼太《そうたい》は扉《とびら》に手をかけた。が、がたがたするだけで、扉《とびら》はあかなかった。

「カギがかかってるみたいだ！」

「ほんと⁉」

夏花《かか》が飛《と》んできて、ふたりで力をあわせてみたが、あかない。

ふたりは、ぼうぜんとして顔を見あわせた。とじこめられたのだ。

二

蒼太《そうたい》は気を取りなおして、部屋を見まわした。ほの暗い灯《あか》りに照《て》らしだされた室内には、椅子《いす》や小卓《しょうたく》、つくえや小箪笥《こだんす》などがいくつも雑然《ざつぜん》と置《お》かれてあった。どうやらここは、物置《ものおき》のようだ。

「ねえ。ここのカギって、かんぬきみたいよ」

扉《とびら》をがたがたいじっていた夏花《かか》が、ふりむいた。ぶあつい扉《とびら》のまん中に、牛のすかし彫《ぼ》りがあって、そのすきまからかんぬきの横棒《よこぼう》が見えたのだ。

蒼太《そうたい》はすかし彫《ぼ》りを調べてみた。扉《とびら》にはめこんであるだけのようだ。

「これをはずせれば、なんとかなりそうだ」

「やってみようよ」

ふたりは、すかし彫《ぼ》りのすきまに指を入れて、思い切りひっぱった。

「わっ」

「わっ」

力あまってふたりとも尻《しり》もちをついたが、すかし彫《ぼ》りはうまくはずれた。

「うまくいった」

蒼太《そうたい》が、すかし彫《ぼ》りのあった空間から腕《うで》をのばして、かんぬきの横棒《よこぼう》をひきぬいた。すかし彫《ぼ》りをふたたびはめこみ、扉《とびら》をあけて通路《つうろ》にでると、外からかんぬきをしめた。こうしておけば、ふたりがぬけだしたことは分からない。

「孔明《こうめい》さんと張飛《ちょうひ》さんは、まだ食堂《しょくどう》にいるかしら」

「とにかく、行ってみよう」

ふたりは、屋敷《やしき》の者に出会わないように警戒《けいかい》しながら、小走りに通路《つうろ》を歩きだした。足音や声が聞こえるたびに物かげにかくれてやりすごしたが、そのせいか、曲がり角をまちがえてしまったらしく、食堂《しょくどう》には行きつかずに中庭のようなところにでてしまった。三方をよく刈《か》りこまれた生け垣《いがき》にかこまれている。右手の生け垣《いがき》には柵《さく》がもうけられていた。ひきかえそうとしたとき、足音と話し声が聞こえてきたので、蒼太《そうたい》と夏花《かか》は、あわてて近くの生《い》け垣《がき》のかげにかくれた。

しばらくすると、牛金《ぎゅうきん》と例《れい》の男が姿《すがた》をあらわした。牛金《ぎゅうきん》は、二本の鞭《むち》を手にしていた。一本は金色、もう一本は銀色をしている。ふたりは、庭に面した長《なが》椅子《いす》に腰《こし》をおろした。

「なかなかいいやつを見つけてくれたな」

牛金《ぎゅうきん》がいった。

「あのふたりなら、りっぱなモノになるにちがいない」

「この牛角《ぎゅうかく》の目にくるいはありませんや」

男がにやりとわらった。男は牛角《ぎゅうかく》というらしい。

「これで頭数がそろった。明日、注文主にひきわたすとしよう。買いもどしのほうはどうなっている」

「父親を別室に待たせています」

「金は持ってきているだろうな」

「もちろんでさあ。なにしろ年をとってからできたひとりむすこですからね。

金には代えられませんや」

「よし。では、はじめよう。つれてこい」

「へい」

牛角《ぎゅうかく》は立ち上がると、奥《おく》に消え、すぐに三人の男たちをつれてもどってきた。蒼太《そうたい》も夏花《かか》も、その男たちに見おぼえがあった。食堂《しょくどう》でいっしょになった若者《わかもの》だ。

どうしたわけか、三人とも首をたれ、肩《かた》をおとし、両手をだらんと下げ、足どりもふらついている。酒を飲みすぎたのか、それとも薬を飲まされているのか——。

「やれ」

牛金《ぎゅうきん》が命じた。

すると、牛角《ぎゅうかく》がいきなりひとりの若者《わかもの》の腰《こし》をけとばした。若者《わかもの》はつんのめるようにして庭に飛《と》びだした。

「ひざまずけ！」

牛角《ぎゅうかく》はもう一度若者《わかもの》の腰《こし》をけった。若者《わかもの》は両手と両膝《りょうひざ》を地面につけ、よつんばいになって首をたれた。

「よし」

牛金《ぎゅうきん》が片《かた》そでをぬぎ、金の鞭《むち》を手にして立ち上がった。ゆっくりとひざまずいている若者《わかもの》に歩みよると、鞭《むち》をふり上げて、その背中《せなか》をぴしりと打った。若《わか》者《もの》はうめき声を上げて、ぶるぶるっと体をふるわせた。だが、そのままの姿勢《しせい》で逃《に》げようともしない。

「いいぞ」

牛金《ぎゅうきん》はうなずいて、ふたたびぴしりと背中《せなか》を打った。若者《わかもの》は首を上げて、獣《けもの》のような太い叫《さけ》び声を上げた。

「その調子」

金色の鞭《むち》がひゅっと音を立ててしなり、三たび若者《わかもの》の背中《せなか》にふりおろされた。

若者《わかもの》は上半身を起こし、両腕《りょううで》を前にのばして宙《ちゅう》をかいた。

「それ、もうひと息だ!」

牛金《ぎゅうきん》は、こんどは若者《わかもの》の尻《しり》に鞭《むち》を当てた。

すると若者《わかもの》は、両腕《りょううで》を地面につき、尻《しり》を高くあげてぶるぶるぶるっと体をふるわせた。体がぐんぐん大きくなっていき、着ているものがびりびりと裂《さ》けたかと思うと、たちまち若者《わかもの》は一頭の牛に変《か》わっていた。

「なかなかいい牛になりましたな」

牛角《ぎゅうかく》が歩みよってきて、牛の首をおさえ、

「おい、縄《なわ》を持ってこい！」

とどなった。

右手の生《い》け垣《がき》の柵《さく》をあけて、縄《なわ》を下げた老人《ろうじん》がはいってきた。老人《ろうじん》は牛の首と口を縄《なわ》でしばり、柵《さく》の外へひいていった。

「つぎ！」

牛金《ぎゅうきん》が合図をすると、牛角《ぎゅうかく》がふたりめの若者《わかもの》を庭にけおとした。金色の鞭《むち》が四度うなり、ふたりめの若者《わかもの》も牛に変《か》わった。三人めも同じように牛に変《か》わって柵《さく》の外にひかれていった。

蒼太《そうたい》と夏花《かか》は、生《い》け垣《がき》のかげで息をのみ、三人の若者《わかもの》が牛に変《か》えられた信《しん》じられないような光景《こうけい》を見まもっていた。

——こんどは、きっと孔明《こうめい》さんと張飛《ちょうひ》さんよ。

——つぎは孔明《こうめい》さんと張飛《ちょうひ》さんの番だ。

ふたりとも、つぎにくる事態《じたい》を予想して、青ざめた。

「やつらをつれてこい」

牛金《ぎゅうきん》が牛角《ぎゅうかく》をかえりみた。

牛角《ぎゅうかく》は奥《おく》にひっこむと、すぐさま孔明《こうめい》と張飛《ちょうひ》をつれてひきかえしてきた。ふたりとも、さっきの若者《わかもの》たちと同じように、首をたれ、両腕《りょううで》をぶらぶらさせ、腰《こし》をかがめている。

「まず、そいつからだ」

牛金《ぎゅうきん》が孔明《こうめい》を指さした。

「ほらよ。ひざまずけ」

牛角《ぎゅうかく》が腰《こし》をけると、孔明《こうめい》はふらふらと庭に飛《と》びだしていき、よつんばいになった。

「よしよし。おとなしくしてろよ」

牛金《ぎゅうきん》が金の鞭《むち》で四度打つと、孔明《こうめい》は白い牛になって、月明かりの中に立ち、んもうーと鳴いた。

――ああ、孔明《こうめい》さん……。
――天才軍師《ぐんし》が、牛になっちゃった！

「おお、思ったとおり、よい牛になったわい」

牛金《ぎゅうきん》はよろこんで、孔明《こうめい》の背《せ》をなでた。

孔明《こうめい》が庭の外へひかれていくと、張飛《ちょうひ》の番になった。

――張飛《ちょうひ》さん、なにやってるのよ。さっさと立ち上がって、あいつらをやっつけて！

――立て、立て、立て、張飛《ちょうひ》！　こぶしをかためてやつらをたたきつぶせ！

夏花《かか》と蒼太《そうたい》は、生《い》け垣《がき》のかげからのぞきながら、胸《むね》の内で叫《さけ》んだ。

けれど、ふたりの願《ねが》いもむなしく、張飛《ちょうひ》はおとなしくよつんばいになって、牛金《ぎゅうきん》の鞭《むち》を受けた。そして、たくましい黒牛になってぶるぶるっと荒《あら》い鼻息を吐《は》いた。

「いいぞ。こいつは高く売れる」

牛金《ぎゅうきん》は満足げにうなずいた。

蒼太《そうたい》と夏花《かか》は、柵《さく》の外へひかれていく黒牛を胸《むね》がつぶれる思いで見おくった。

「よし。こんどは買いもどしだ」

牛金《ぎゅうきん》が額《ひたい》の汗《あせ》をふきながらいった。

「親父をつれてこい」

「へい」

牛角《ぎゅうかく》が、奥《おく》から五十歳《さい》ぐらいの男をつれてきた。

「どうかよろしくお願《ねが》いいたします」

男は、牛金《ぎゅうきん》の前にひざまずき、ふところからふくらんだふくろを取りだして、牛金《ぎゅうきん》にさしだした。牛金《ぎゅうきん》はふくろを受けとると、口をあけて中に手を入れ、なにかつかみだした。手を広げると、金色の砂《すな》のようなものが月明かりをあびてきらきらと光った。砂金《さきん》だ。

「よし」

牛金《ぎゅうきん》はうなずいて、砂金《さきん》をふくろにもどすと、口をしめ、ふところに入れた。

「鞭《むち》をよこせ」

「へい」

牛角《ぎゅうかく》が銀の鞭《むち》を牛金《ぎゅうきん》に渡《わた》した。

「いいぞ。つれてこい！」

ぴしりと鞭《むち》を鳴らして牛金《ぎゅうきん》が叫《さけ》ぶと、柵《さく》がひらいて、老人《ろうじん》が一頭の牛をひいて庭にはいってきた。

「おお、阿満《あまん》!」

父親がかけより、牛の首に抱《だ》きついた。

「こんな姿《すがた》になってしまって、さぞかしつらかったろうな。でも、もう心配はいらないよ。すぐに元にもどしてやるからな。待っているんだよ」

「どけ!」

牛金《ぎゅうきん》が乱暴《らんぼう》に父親のえり髪《がみ》をつかんで牛からひきはなすと、銀の鞭《むち》をふるって、ぴしりと牛の首を打った。

「ひざまずけ!」

すると、牛が前足をふたつに折《お》った。

「尻《しり》をおとせ!」

銀の鞭《むち》が牛の尻《しり》に飛《と》んだ。牛はうしろ足を折《お》って尻《しり》をおとした。

「横になれ!」

鞭《むち》が背《せ》に飛《と》ぶと、牛はごろりと地面に体を横たえた。

「よし」

牛金《ぎゅうきん》は鞭《むち》をふり上げて、牛の腹《はら》をぴしりと打ちすえた。

すると、牛はたちまち二十歳《さい》ぐらいの若者《わかもの》に変《か》わった。

「阿満《あまん》！」

父親がかけより、むすこを抱《だ》きおこした。

「行け」

牛金《ぎゅうきん》があごをしゃくった。

父親は、ぴょこりと頭を下げ、はだかのむすこを抱《だ》きかかえるようにして庭をよこぎり、柵《さく》からでていった。

「終わった」

「ご苦労《くろう》さまでした」

長椅子《ながいす》にもどった牛金《ぎゅうきん》に、牛角《ぎゅうかく》が布《ぬの》をさしだした。牛金《ぎゅうきん》は首すじの汗《あせ》をふき、脱《ぬ》いでいたそでを入れた。

「五人ともいい牛になった。とくにあの白牛と黒牛はすばらしい。言《い》い値《ね》で売るのはばからしい。少しふっかけてやるとするか」

「それがいいですね。ところで、ガキがふたりのこってますが、どうしましょう」

「牛に変《か》えても、子牛では買い手がつかない。人手がたりなくて困《こま》っている農家に売りとばしてしまえ」

「では、明日さっそく手配します」

「さてと。今夜はずいぶんと働《はたら》いた。そろそろ寝《ね》るとするか」

牛金《ぎゅうきん》が長椅子《ながいす》から立ち上がり、奥《おく》にはいっていった。牛角《ぎゅうかく》が二本の鞭《むち》を持ってあとに従《したが》った。

三

蒼太《そうたい》と夏花《かか》は、生《い》け垣《がき》のかげからそろそろとでてきた。わるい夢《ゆめ》でも見たあとのように、ふたりとも口の中がカラカラにかわいていた。けれど、目の前でくりひろげられた光景《こうけい》が、夢《ゆめ》ではなかった証拠《しょうこ》に、庭のあちこちに牛のひづめのあとがのこっていて、青白い月光に照《て》らされていた。

牛金《ぎゅうきん》は、とんでもない〝牛商人〟だった。手下の牛角《ぎゅうかく》が、町の外でたくましい体つきの若者《わかもの》を見つけると、いろんな口実で屋敷《やしき》につれてくる。そして、（薬のはいった）酒を飲ませておとなしくいうことを聞くようにし、牛金《ぎゅうきん》が金の鞭《むち》で打って牛に変《か》える。その牛を注文主に売ってもうけるのだ。

さらに、つれこんだ若者《わかもの》の家が金持ちだと分かると、その家に使いを送り、むすこは牛に変《か》えた。もとにもどしてほしければ金をはらえとおどす。おどろいた家の者が金を持ってくると、銀の鞭《むち》でもとの姿《すがた》にもどして帰してやる。

〝牛商人〟の牛金《ぎゅうきん》は、金と銀の鞭《むち》をあやつって、大もうけをしているのだった。蒼太《そうたい》と夏花《かか》にも、牛金《ぎゅうきん》の商売のからくりは分かった。それはそれとして、これからどうするかだ。孔明《こうめい》と張飛《ちょうひ》が牛になって売られてしまえば、赤壁《せきへき》の戦《たたか》いもなにもない。それに、自分たちも明日になればどこかの農家に売られてしまう。

「どうする？」

「どうしよう」

ふたりは青ざめた顔を見あわせた。目の前で起こったあまりにも現実《げんじつ》ばなれした出来事に、頭がついていかない。ぼーっとして、なにも考えられないのだ。

「銀の鞭《むち》ね」

ようやく気を取りなおした夏花《かか》が、つぶやいた。

「銀の鞭《むち》──そうか。あの鞭《むち》で最後《さいご》につれてきた牛を打ったら、人間にもどったんだったな」

蒼太《そうたい》もようやく頭がまわりだした。

「あれで孔明《こうめい》さんと張飛《ちょうひ》さんを打てば、もとにもどれるわけだ」

「そうよ。あれがなくっちゃなにもはじまらないわ」

「でも、どうやって手に入れる?」

「それが問題なのよ」

おそらく二本の鞭《むち》は、牛金《ぎゅうきん》の部屋にあるだろう。しかし、この広い屋敷《やしき》の中で、どこが牛金《ぎゅうきん》の部屋なのかつきとめるのは、むずかしいし、屋敷《やしき》の者に見とがめられたら、いっぺんでアウトだ。たとえだれにも見とがめられずに牛金《ぎゅうきん》の部屋をさがしだせたとしても、中へはいれるかどうか。たとえ中にはいれたとしても、牛金《ぎゅうきん》に見つからずに銀の鞭《むち》を持ちだせるかどうか──。

考えれば考えるほど絶対《ぜったい》に無理《むり》だと思えてくる。

「とにかく、ここにいてはだれかに見つかるかもしれない。どこかべつなとこでじっくり考えたほうがいいわ」

夏花《かか》が、あたりを見まわしながらいった。

「それなら、牛小屋がいいな」

「牛小屋?」

「そうだよ。孔明《こうめい》さんや張飛《ちょうひ》さん、それにあと三頭がここからつれだされただろ。それだけの牛を置《お》いておける牛小屋が屋敷《やしき》のどこかにあるはずだ」

「そうね。じゃあ、そこへ行こう。どうしようもなかったら、孔明《こうめい》さんと張飛《ちょうひ》さんをつれだして、この屋敷《やしき》から逃《に》げだせばいいし……」

孔明《こうめい》と張飛《ちょうひ》が人間にもどれなかったら、赤壁《せきへき》の戦《たたか》いはどうなるんだと蒼太《そうたい》は思ったが、今はそのことを考えないことにした。

ふたりは庭をよこぎり、生《い》け垣《がき》のあいだの柵《さく》を通りぬけた。その先にはいくつもの建物《たてもの》が建《た》っていた。建物《たてもの》と建物《たてもの》のあいだには通路《つうろ》が通っている。月明かりをたよりに右に左に通路《つうろ》をたどっていくと、やがて柵《さく》でかこまれた楕円形《だえんけい》の空き地にでた。牛のひづめのあとがたくさんあるところをみると、牛のかこい場のようだ。そのはずれに屋根の高い建物《たてもの》がポツンと建《た》っていた。牛小屋にちがいない。

蒼太《そうたい》と夏花《かか》は、かこい場をよこぎって牛小屋に歩みよった。正面に大きな扉《とびら》がついていたが、少し細めにあいている。カギはかかっていないようだ。ふたりがかりでおしてみると、少しきしりながら人ひとりはいれるぐらいにあけることができた。中はまっ暗だ。

「はい、これ」

夏花《かか》がふところからペンライトを取りだして、蒼太《そうたい》に渡《わた》した。こっちの世界に来るときに、佐山博士《さやまはかせ》から渡《わた》されたものだ。スイッチをいれると、細いけれど強い光がほとばしりでた。

中には、通路《つうろ》をはさんで小部屋のような仕切りが三つずつならんでいた。右《みぎ》側《がわ》の仕切りには三頭、左側《ひだりがわ》の仕切りには白牛と黒牛の二頭がつながれている。

「孔明《こうめい》さん！」

「張飛《ちょうひ》さん！」

夏花《かか》と蒼太《そうたい》は、左側《ひだりがわ》の仕切りにかけよった。二頭もふたりのことが分かったのか、ぶるぶるっと体をふるわせ、鼻面をよせてくる。向《む》かい側《がわ》の三頭が、首をふり、脚《あし》をふみならしてさわぎだした。

「だれだ！」

奥《おく》のほうで声がして、明かりがともった。蒼太《そうたい》はあわててペンライトを消した。

牛小屋の奥《おく》に階段があった。屋根裏《やねうら》部屋に通じているらしい。灯《あか》りを持った男が、ゆっくりと階段をおりてくる。庭から牛をつれていったり、牛をつれてきたりしていた老人《ろうじん》だった。屋根裏《やねうら》部屋で寝起《ねお》きしているのだろう。

「だれだ、お前たちは」

老人《ろうじん》は、灯《あか》りを高くかかげて、蒼太《そうたい》と夏花《かか》をにらみつけた。

「あたしたちは、この二頭の牛の妹と弟なんです！」

夏花《かか》が、白牛と黒牛の鼻面に頬《ほお》をよせて叫《さけ》んだ。

「四人で旅をしてたんだけど、あの牛角《ぎゅうかく》という男にだまされて屋敷《やしき》につれてこられたんです。そして、兄さんたちは牛金《ぎゅうきん》に鞭《むち》で打たれて牛にされてしまいました。それで弟とふたりで兄さんたちを逃《に》がそうと、牛小屋にしのびこんだんです。どうか、お願《ねが》いです。見逃《みのが》してください！」

夏花《かか》は、蒼太《そうたい》があきれるくらい口からでまかせに、一気にしゃべった。

「かわいそうに。お前たちもか」

意外なことに、老人《ろうじん》は同情《どうじょう》するように顔つきをやわらげた。

「お前たちもって――」

「どういうこと?」

夏花《かか》と蒼太《そうたい》が、同時に声を上げた。

「わしも同じような身の上なんじゃよ。わしはこの屋敷《やしき》で牛番をしている黄《こう》という者じゃが、わしの孫《まご》がやはり牛金《ぎゅうきん》に牛にされてしまったんじゃ」

老人《ろうじん》はいった。

「わしの孫《まご》は、幼《おさな》いころに両親が亡《な》くなったために、わしと婆《ばあ》さんとで育てた。子どものころから武術《ぶじゅつ》が好《す》きでな、十八のときに修行《しゅぎょう》に行くといって家をでた。ところが、しばらくすると、牛商人の牛金《ぎゅうきん》の使いだという者がやってきて、孫《まご》をあずかっているからひきとりにこいという。それで、牛金《ぎゅうきん》の屋敷《やしき》に行ったんじゃ。

するとと牛金《ぎゅうきん》は、わしの前に一頭の牛をひきださせて、これがお前の孫《まご》だという。わしが信《しん》じないと、牛金《ぎゅうきん》は銀の鞭《むち》で孫《まご》をもとの姿《すがた》にもどし、それからまた、金の鞭《むち》で牛に変《か》えてみせた。そして、もとにもどしてほしければ、金を持ってこいというんじゃ。

わしは役所にうったえでた。じゃが、牛金《ぎゅうきん》からわいろが行きわたっているらしくて、だれも相手にしてくれん。しかたなく家を売って金をこしらえ、持って行った。しかし、牛金《ぎゅうきん》はそれでは足りないという。これ以上《いじょう》金はつくれない、どうかこれでかんべんしてくれと、わしは泣《な》いてたのんだ。

それなら、ちょうど牛番をさがしていたところだから、足りない分は、牛番としてここで十年働《はたら》いてうめあわせをしろと牛金《ぎゅうきん》はいった。そうすれば、孫《まご》をもとにもどしてやるとな。それでわしは、ここで牛番をやっておる。もう五年たった。あと五年のしんぼうじゃ」

黄老人《こうろうじん》は、ふうっと大きなため息をついた。

「牛になったお孫《まご》さんは、どうしたんですか」

夏花《かか》が聞いた。

「十里あまり先の村の農家に売られた。婆《ばあ》さんがその農家に住みこんで、世話をしておる。まあ、そういうわけで、かわいそうだがお前たちの兄さんを逃《に》がすわけにはいかん。ここで事を起こしたら、これまでの苦労《くろう》が水の泡《あわ》じゃ。お前たちだけは見逃《みのが》してやるから、さっさとでていくがいい」

黄老人《こうろうじん》が、ふたりを追いだすように手をふった。

「でも、牛金《ぎゅうきん》がちゃんと約束《やくそく》をまもるかなあ」

蒼太《そうた》がひとりごとのようにいった。

「なんじゃと?」

「五年後に、よくしんぼうしたと、あの牛金《ぎゅうきん》がお孫《まご》さんを素直《すなお》にもとにもどしてくれるかどうかということです」

「そうよ。人を牛に変《か》えてもうけているやつのいうことなんて、当てにならないわよ」

夏花《かか》が口をはさんだ。

「それに、農家で働《はたら》かされているお孫《まご》さんが、五年のあいだに病気になったり、死んだりしてしまうことだってあるし」

「縁起《えんぎ》でもないことをいうな!」

黄老人《こうろうじん》は夏花《かか》をにらみつけたが、すぐに不安《ふあん》げな表情《ひょうじょう》をうかべた。

「そうじゃな。お前たちがいったようなことは、これまで考えもしなかった。いや、考えるのがこわかった。ただひたすら、何事もなく十年たつのを願《ねが》っていたんじゃ。今のわしには、それしかできることがないんでな」

「ありますよ、できることは」

蒼太《そうたい》がいった。

「牛金《ぎゅうきん》から銀の鞭《むち》をぬすみだせばいいんです」

「そんなことは分かっとるわい！」

黄老人《こうろうじん》は声を荒《あら》げた。

「牛金《ぎゅうきん》は、寝室《しんしつ》のかべに鞭《むち》をつるしておる。一度やつの寝室《しんしつ》にしのびこんで、銀の鞭《むち》を持ちだそうとしたことがある。じゃが、見つかって、おどされた。こんどこんなことをしたら、もう十年つけくわえるからな、とな。それ以来《いらい》、そんなことは二度とやらんと心に決めたんじゃ」

「ということは――」

夏花《かか》が黄老人《こうろうじん》を見やった。

「牛金《ぎゅうきん》が寝室《しんしつ》にいなければ、銀の鞭《むち》を持ちだせるんじゃない」

「うーん、まあ……理屈《りくつ》からいえば、そうなるわな」

黄老人《こうろうじん》はうなずいた。

「だったら、牛金《ぎゅうきん》を寝室《しんしつ》からおびきだせばいいわ」

「どうやっておびきだすんじゃ。そんなことができるわけはない」

「ちょっと待って。今、考えるから」

夏花《かか》は、両手でこぶしをつくって、こめかみのあたりをぐりぐりともんだ。そうやると気持ちがおちついて、いい考えがうかぶらしい。

「いい考えがうかんだわ」

しばらくして、夏花《かか》がにっこりした。

「あたしと蒼太《そうたい》で、孔明《こうめい》さんや張飛《ちょうひ》さん……ちがった、兄さんたちと三頭の牛を屋敷《やしき》じゅうに走らせる。そうすれば、何事かとおどろいて、牛金《ぎゅうきん》が飛《と》びだしてくるでしょ。そのすきに、黄《こう》さんが寝室《しんしつ》にしのびこんで、銀の鞭《むち》を取ってくればいいんだわ」

「そんなにかんたんにいくもんか。たとえうまくいったとしても、そのあとは

どうする。牛金《ぎゅうきん》だってだまってはいないじゃろう」

黄老人《こうろうじん》が首をふった。

「とにかく、銀の鞭《むち》さえ手に入れれば、あとはこの兄さんが、牛金《ぎゅうきん》なんかこてんぱんにやっつけてくれる」

夏花《かか》は、黒牛の鼻面をなでた。そうだというように、黒牛がこくりとうなずいた。

「黄《こう》さんが力を貸《か》してくれないなら、おれたちだけでやる」

蒼太《そうたい》が強い口調でいった。

「おれたちは、どうしても兄さんたちをもとにもどさなくちゃならないんだ。牛金《ぎゅうきん》の寝室《しんしつ》がどこにあるか、教えてください」

黄老人《こうろうじん》は、灯《あか》りをかざして、蒼太《そうたい》と夏花《かか》をじっと見つめた。ふたりは、口もとをきっとひきむすび、強い目で黄老人《こうろうじん》を見かえした。

「本気のようじゃな」

黄老人《こうろうじん》はぽつりとつぶやくと、しばらく考えこみ、やがて大きくうなずいた。

「よし、わかった。お前たちのたくらみに乗ろう。たしかに牛金《ぎゅうきん》は信用《しんよう》ならん。

ばか正直にあと五年待っても、はたして孫《まご》をもとにもどしてくれるかどうかわからん。お前たちのいうとおりじゃ。孫《まご》のために、わしもここで一気に勝負にでるわい！」

黄老人《こうろうじん》が、どんと胸《むね》をたたくと、五頭の牛がいっせいに、んもうーと鳴き、どんどんどんと脚《あし》をふみならした。

四

黄老人《こうろうじん》は、牛小屋の扉《とびら》を大きくあけて、五頭の牛を外にだした。そして、孔《こう》明《めい》の白牛と張飛《ちょうひ》の黒牛に、縄《なわ》で作ったくつわと手綱《たづな》を取りつけた。

「さあ、乗ってごらん。両足をしめて牛の腹《はら》をはさみ、手綱《たづな》をしっかりつかんで、けっしてはなさないようにするんじゃ」

黄老人《こうろうじん》に助けられて、蒼太《そうたい》は黒牛に、夏花《かか》は白牛にまたがった。ふたりともこれまでロバと馬に乗っていたので、それほどまごつかなかった。

「たのんだよ、張飛《ちょうひ》さん」

「孔明《こうめい》さん、しっかりね」

蒼太《そうたい》と夏花《かか》は、手綱《たづな》をにぎりしめて、声をかけた。張飛《ちょうひ》はぶるるんと荒《あら》い鼻息を吐《は》き、孔明《こうめい》は分かったというように、首をたてにふった。

「よし、行け。屋敷《やしき》じゅうをかけまわってこい！」

黄老人《こうろうじん》が声をはり上げ、牛たちの尻《しり》をたたいた。

張飛《ちょうひ》の黒牛を先頭に孔明《こうめい》の白牛、三人の若者《わかもの》の牛が、土ぼこりをまき上げていっせいに走りだした。月光をあびながらかこ

い場をよこぎり、鼻息も荒《あら》くどどどっと屋敷《やしき》内に走りこむ。角で風を切り、ひづめを鳴らし、もうーもうーと吠《ほ》えながら、建《たて》物《もの》と建物《たてもの》のあいだの通路《つうろ》を右に左にかけぬけていく。蒼太《そうたい》と夏《か》花《か》は、ふりおとされないように体をふせ、必死《ひっし》で手綱《たづな》をにぎりしめた。

「なんだ？」

「どうした」

「なにがあった」

「暴《あば》れ牛だ！」

「あぶない。逃《に》げろ！」

建《た》ちならんだ建物《たてもの》から、ねむ

りをさまされた人たちがわらわらと飛《と》びだしてきた。だが、みんな、角でつかれたり、けとばされたりしないようによけるのがせいいっぱいで、だれも牛たちを止められない。

屋敷《やしき》じゅうを二度、三度と思いのままにかけまわって、大騒《おおさわ》ぎをひきおこし、五頭の牛はかこい場にもどってきた。

蒼太《そうたい》と夏花《かか》は、ほっとして牛からおり、手綱《たづな》をにぎりしめつづけてこわばった両手の指をほぐした。あたりを見まわしたが、牛金《ぎゅうきん》の寝室《しんしつ》から銀の鞭《むち》を持ちだしてくるはずの黄老人《こうろうじん》の姿《すがた》はない。

「黄《こう》さん、うまくいったのかな」

「そうだといいんだけど」

ふたりが不安気に顔を見あわせていると、ふいに大勢《おおぜい》のどなり声や叫《さけ》び声が聞こえてきた。

「ちょっと、なによ！」

「やばい！」

二十数人の男たちが、柵《さく》をおしたおさんばかりにどっとかこい場になだれこんできたのだ。屋敷《やしき》の使用人たちだろう。みな、手に手に棒《ぼう》や鞭《むち》や縄《なわ》を持っている。

「捕《つか》まえろ！」

「おさえるんだ！」

「取りかこめ！」

口々に叫《さけ》びながら、男たちは牛たちに向かってきた。

「来るわよ！」

「やっつけてしまえ！」

夏花《かか》と蒼太《そうたい》は、牛たちの尻《しり》をたたいた。

牛たちは、ひとかたまりになって猛然《もうぜん》と走りだした。男たちは、さっと二手にわかれて牛たちを通した。牛たちは急停止《きゅうていし》して向きをかえた。男たちが持っていた棒《ぼう》を牛たちの脚《あし》もとめがけてつぎつぎに投げた。

牛たちは、棒《ぼう》を脚《あし》にひっかけてつんのめり、ばたばたと転倒《てんとう》した。

「うまくいったぞ！」

「早くおさえろ！」

「けられないように気をつけろ！」

男たちがいっせいにかけより、横倒《よこだお》しになった牛たちの角を数人がかりでおさえ、もがいている脚《あし》を縄《なわ》でしばった。

「これで全部か」

「そのようだ」

「やれやれだな」

ほっとして、男たちが顔を見あわせたそのときだ。ひとりの男が叫《さけ》んだ。

「もう一頭のこっているぞ！」

その声が終わるか終わらないうちに、一頭の黒牛が、頭をさげ、背《せ》をゆすり、ひづめで土を掘《ほ》りながら、土けむりを上げて猛然《もうぜん》と男たちにつっかかってきた。

男たちは逃《に》げるひまもなく、はねとばされ、つきとばされ、ひづめでけられ、角にかけられた。十人あまりの男たちが、うめき声を上げてころげまわった。

のこりの者は、棒《ぼう》も縄《なわ》も鞭《むち》も投げすてて、いちもくさんに逃《に》げちった。

んもうー
んもうー

んもうー
黒牛が鼻面を上げて、高らかに吠《ほ》えた。

「張飛《ちょうひ》さん、すげえや」

「やっぱり、張飛《ちょうひ》さんね」

蒼太《そうたい》と夏花《かか》が、手を打ってよろこんでいると、

「たった一頭になにを手こずってるんだ」

太い声とともに、牛金《ぎゅうきん》が柵《さく》をあけてかこい場にはいってきた。金と銀の鞭《むち》を持ち、両手をしばった黄老人《こうろうじん》をつれた牛角《ぎゅうかく》があとに従《したが》っている。

「おい、そこのガキども。黄《こう》のじじいが白状《はくじょう》したぞ。おれが、牛金《ぎゅうきん》さまの寝室《しんしつ》にしのびこもうとする黄《こう》のじじいに気がついて、とっつかまえてやったのさ」

牛角《ぎゅうかく》が、蒼太《そうたい》と夏花《かか》にどなった。

「牛金《ぎゅうきん》さまの銀の鞭《むち》を盗《ぬす》みだそうなんて、とんでもないガキどもだ」

「まあ、よいわ。その黒牛をおさえたら、ふたりとも金の鞭《むち》をくらわしてやるわい」

牛金《ぎゅうきん》がにやにやわらいながら、黒牛に歩みよった。

「どけ」

男たちを追いはらうと、黒牛の正面に仁王立《におうだ》ちになり、ぱっと上半身はだかになると、ぶるぶるぶるっと体をゆすった。すると、めきめきめきっと音をたてるように肩《かた》がもり上がり、両腕《りょううで》が丸太のように太くなり、背中《せなか》と腹《はら》が二倍のあつさになった。

それだけではない。上半身はびっしりと茶色い毛におおわれ、首から上は鋭《するど》い角の生えた牛の頭になった。

「ま、まさか！」

「よ、妖怪《ようかい》？」

蒼太《そうたい》と夏花《かか》は、びっくり仰天《ぎょうてん》した。

「おれは、牛鬼《ぎゅうき》だ」

正体をあらわした牛鬼《ぎゅうき》は、長い舌《した》をだらりとだして、べろっと自分の鼻をなめ、皿のようなふたつの目でぎろっと黒牛をにらみつけた。

「さあ、おとなしくしろ」

黒牛が、ぶるぶるふるえながら、おびえたようにあとずさりした。牛になっても、妖怪《ようかい》が苦手のようだ。

「どうした。ははは。おれがこわいのか」

牛鬼《ぎゅうき》が一歩前にでた。黒牛がずずっとさがる。牛鬼《ぎゅうき》がまた一歩前にでると、黒牛はさらにずずっとあとずさりする。

「おらおらおら」

牛鬼《ぎゅうき》は、面白がって、ずんずん前へでていった。黒牛は、とうとうがまんできなくなったのか、牛鬼《ぎゅうき》にくるりと尻《しり》を向けると、いっさんに逃《に》げだした。

「あははは。でかい体をしてるくせに、なんとまあ弱虫な牛じゃねえか」

牛角《ぎゅうかく》があざわらった。

「張飛《ちょうひ》さん、しっかりして！」

「妖怪《ようかい》なんか、こわくないって！」

「なんとかしないと、人間にもどれないんだから！」

「そうだよ。孔明《こうめい》さんも牛のまんまだし、おれたちも牛にされちゃうんだよ！」

夏花《かか》と蒼太《そうたい》は、かわるがわる必死《ひっし》で叫《さけ》んだ。

その声がとどいたのか、黒牛は牛小屋の手前で逃《に》げ足を止めた。くるりとふ

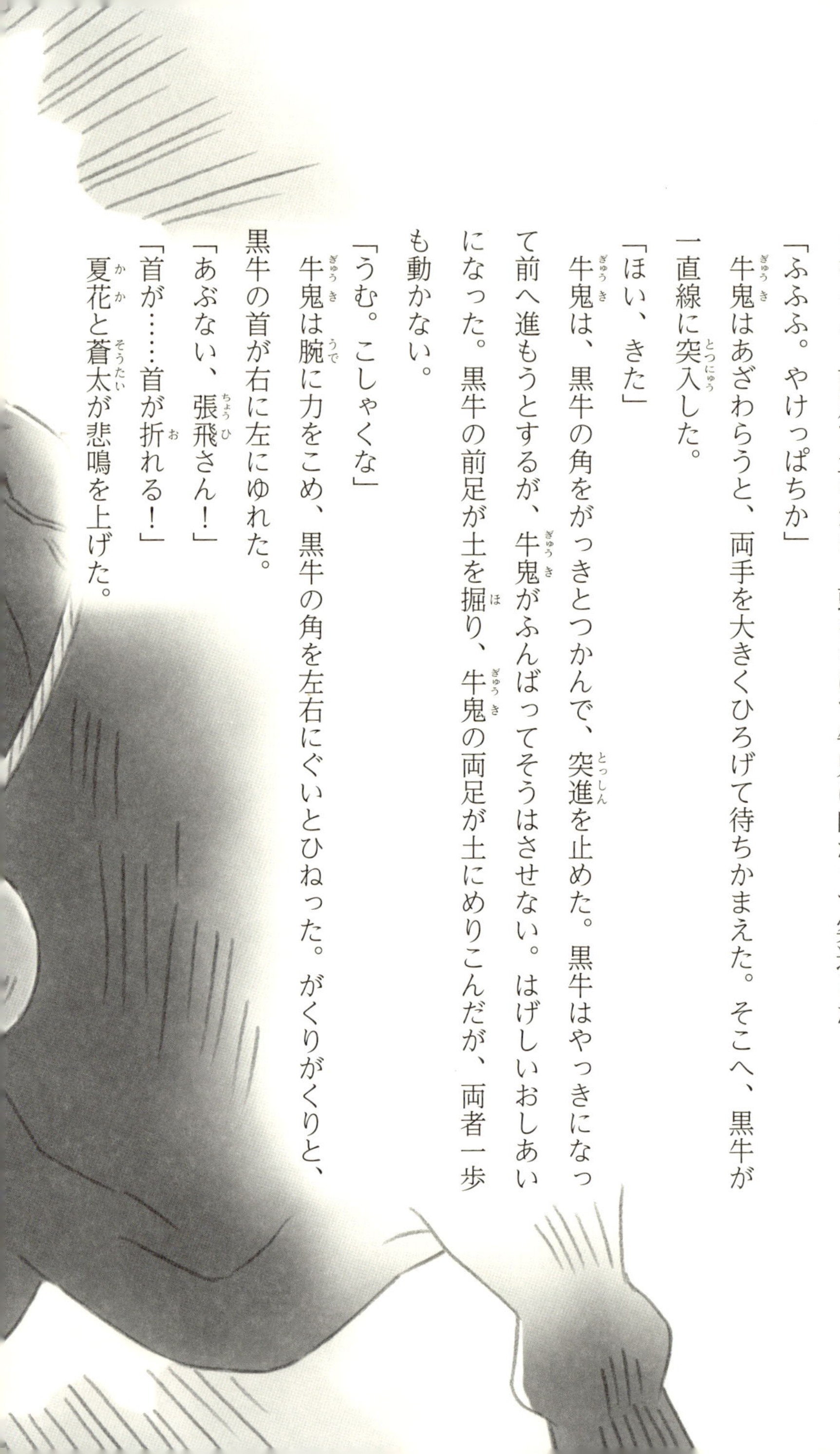

りむくと、前足で土をかき、頭をさげて牛鬼《ぎゅうき》に向かって突進《とっしん》した。

「ふふふ。やけっぱちか」

牛鬼《ぎゅうき》はあざわらうと、両手を大きくひろげて待ちかまえた。そこへ、黒牛が一直線に突入《とつにゅう》した。

「ほい、きた」

牛鬼《ぎゅうき》は、黒牛の角をがっきとつかんで、突進《とっしん》を止めた。黒牛はやっきになって前へ進もうとするが、牛鬼《ぎゅうき》がふんばってそうはさせない。はげしいおしあいになった。黒牛の前足が土を掘《ほ》り、牛鬼《ぎゅうき》の両足が土にめりこんだが、両者一歩も動かない。

「うむ。こしゃくな」

牛鬼《ぎゅうき》は腕《うで》に力をこめ、黒牛の角を左右にぐいとひねった。がくりがくりと、黒牛の首が右に左にゆれた。

「あぶない、張飛《ちょうひ》さん！」

「首が……首が折《お》れる！」

夏花《かか》と蒼太《そうたい》が悲鳴を上げた。

と、そのとき。

黒牛が頭をぐっと低《ひく》くさげたかと思うと、渾身《こんしん》の力をこめて勢《いきお》いよくつき上げた。

「な、なに⁉」

牛鬼《ぎゅうき》の足が地面をはなれた。つぎの瞬間《しゅんかん》、黒牛が首を大きく左右にふった。

牛鬼《ぎゅうき》が宙《ちゅう》を飛《と》んで三、四間《けん》（四〜五メートルあまり）先の地面にどさりとおちた。黒牛がすばやくかけより、角にひっかけてまた宙《ちゅう》に飛《と》ばした。

「く、くそっ」

顔をゆがめ、よろよろと立ち上がった牛鬼《ぎゅうき》に向かって、黒牛がかけよった。
二、三歩手前でくるりとうしろ向きになり、うしろ足を高く上げて思い切りけとばした。
「うわあ！」

牛鬼《ぎゅうき》は夜空を高く飛《と》んで、牛小屋の屋根に墜落《ついらく》し、屋根をつきやぶって小屋の中におちた。そのままでてこない。

「やった、やった！」

「いいぞ！」

夏花《かか》と蒼太《そうたい》がぴょんぴょん飛《と》びはねた。

「いけねえ」

牛角《ぎゅうかく》は、ほかの使用人とともに身をひるがえして逃《に》げようとしたが、かけよってきた黒牛の角にひっかけられて宙《ちゅう》に舞《ま》い、地面におちてのびてしまった。

蒼太《そうたい》と夏花《かか》がすばやくかけより、金の鞭《むち》と銀の鞭《むち》を取り上げ、黄老人《こうろうじん》の縄《なわ》をといた。それから、黒牛のところにかけもどって、生け垣《いがき》のかげで見たとおりに、首、背中《せなか》、腹《はら》と順《じゅん》に銀の鞭《むち》をふるった。と、黒牛はたちまち張飛《ちょうひ》に変《か》わった。

「やれやれ、助かった。このまま一生牛で終わるのかと思ったぜ」

張飛《ちょうひ》はぶるっと体をふるわせると、かこい場に倒《たお》れている男たちの着物をはいで着こんだ。そして、銀の鞭《むち》を手にすると、孔明《こうめい》の白牛と三頭の若者《わかもの》牛を打った。みんな、無事《ぶじ》にもとの姿《すがた》にもどり、蒼太《そうたい》と夏花《かか》はほっと胸《むね》をなでおろした。

「こいつは、おれたちと交代で牛になってもらおうか」

張飛《ちょうひ》は、地面にのびている牛角《ぎゅうかく》に歩みよると、金の鞭《むち》をふるった。牛角《ぎゅうかく》はたちまち牛に変《か》わった。

「さてと。牛鬼《ぎゅうき》さんはどうなったかな」

張飛《ちょうひ》を先頭に一同は牛小屋に向かった。小屋の中では、一頭の巨大《きょだい》な牛が倒《たお》れていた。牛鬼《ぎゅうき》というのは、どうやら牛の妖怪《ようかい》だったようだ。

張飛《ちょうひ》は、小屋の柱を一本、力まかせにひきぬくと、牛の前足とうしろ足のあいだにはさみ、縄《なわ》をぐるぐるとまきつけて、きつくしばった。そして、金の鞭《むち》をぺきぺきと四つに折《お》って、投げすてた。

「これで、こいつもわるさができなくなるだろう」

張飛《ちょうひ》は満足《まんぞく》そうにうなずいた。

「黄《こう》さん、これで早くお孫《まご》さんをもとにもどしてあげてください」

蒼太《そうたい》が、銀の鞭《むち》を黄老人《こうろうじん》にさしだした。

「ありがとうございます、ありがとうございます」

黄老人《こうろうじん》は、両手で鞭《むち》をおしいただいた。

一同が小屋をでると、正気づいたのか、背後《はいご》で、

――んももう、んもももう！

と、くやしそうな牛の吠《ほ》え声がした。

かこい場では、牛になった牛角《ぎゅうかく》が、悲しげに月に吠《ほ》えていた。

張《ちょう》飛《ひ》十杯《ぱい》の酒

一

「こうして酒が飲めるのも、人間であればこそだな。牛のままだったら、この幸せは味わえないわ」

張飛《ちょうひ》が、杯《さかずき》をかたむけながら、しみじみといった。

「それはどうかな。張飛《ちょうひ》どのだったら、牛のままでも水のかわりに酒を飲むにきまっている」

孔明《こうめい》がからかった。

「あはは。いや、そうかもしれん」

張飛《ちょうひ》は、あっさりとうなずいた。

「しかし軍師《ぐんし》も、牛になったままでは、のんびり昼寝《ひるね》もできないな」

「そうですねえ。田畑で働《はたら》かされたあげくに、牛小屋でぐったりするだけかもしれない」

孔明《こうめい》がにがわらいした。

蒼太《そうたい》は、心の底《そこ》からほっとしていた。もしあのままだったら、自分たちも牛にされてしまって、未来《みらい》にもどれなくなっていたかもしれない。いや、未来《みらい》にもどれたとしても、牛のまんまだったにちがいない。

こんどのことは、これまでのうちで最大《さいだい》の危機《きき》だったかもしれない——と、蒼太《そうたい》は思った。

四人は、山のふもとにある村の居酒屋《いざかや》で、午後おそく、一休みしているところだった。酒を飲んでいるのは張飛《ちょうひ》だけで、孔明《こうめい》と蒼太《そうたい》と夏花《かか》は白湯《さゆ》を飲んでいた。

「張飛《ちょうひ》さん、お酒が好《す》きなのはいいけれど、お酒で失敗《しっぱい》したこともずいぶんあるんじゃない？」

夏花《かか》がずけずけといった。

「まあな」

張飛《ちょうひ》はしぶい顔でうなずいた。

「おれは失敗《しっぱい》ばかりだが、関羽《かんう》は酒で名を上げた」

「あ、それって〝関羽《かんう》一杯《ぱい》の酒〟のことでしょ」

蒼太《そうた》がいった。『三国志《さんごくし》』ではよく知られているエピソードだ。

「〝関羽《かんう》一杯《ぱい》の酒〟か。なかなかうまいことをいう。たしかに関羽《かんう》は、たった一杯《ぱい》の酒でその名を世間にとどろかせた。あれは、今から十八年前のことだった――」

そういって、張飛《ちょうひ》は語りだした。

そのころ、董卓《とうたく》という者が朝廷《ちょうてい》の実権《じっけん》をにぎり、皇帝《こうてい》を取りかえたり、自分に立てつく者をようしゃなく殺《ころ》したり、富《とみ》をひとりじめにしてぜいたくのかぎりをつくしたりして、民衆《みんしゅう》のうらみをかっていた。

そこで、曹操《そうそう》をはじめ各地《かくち》の有力者が集まって、董卓討伐《とうたくとうばつ》を旗印《はたじるし》に、反董卓《はんとうたく》連《れん》合軍《ごうぐん》を結成《けっせい》した。劉備《りゅうび》も関羽《かんう》と張飛《ちょうひ》とともに、反董卓連合軍《はんとうたくれんごうぐん》に参加《さんか》した。連合軍《れんごうぐん》はただちに当時の都である洛陽《らくよう》の東にある汜水関《しすいかん》に攻《せ》めよせた。

これを知った洛陽《らくよう》の董卓《とうたく》は、

――よせあつめの軍勢《ぐんぜい》など、なにほどのことがあろうか。

と、部下の華雄《かゆう》に五万の兵《へい》をあずけて、汜水関《しすいかん》に向かわせた。

「この華雄《かゆう》というのが、なかなかの猛将《もうしょう》でな、連合軍《れんごうぐん》をよせつけない。華雄《かゆう》を討《う》たなければ、汜水関《しすいかん》は通れない。汜水関《しすいかん》を通らなければ、洛陽《らくよう》には攻《せ》めこめない。連合軍《れんごうぐん》の本陣《ほんじん》では、どうしたものかとみな頭をなやませていた。そこへ、一気に勝負をつけるつもりか、華雄《かゆう》が関《せき》をでて攻《せ》めよせてきた――」

華雄《かゆう》が攻《せ》めよせてきたと聞いて、連合軍《れんごうぐん》の本陣《ほんじん》から、名のある武将《ぶしょう》がつぎつぎにむかえうったが、三合《ごう》と打ち合わずにみな華雄《かゆう》に討《う》たれてしまった。勢《いきお》いに乗った華雄《かゆう》の軍勢《ぐんぜい》は、どっと本陣《ほんじん》近くに攻《せ》めよせてきた。

「本陣《ほんじん》では、みんな大あわてさ。だれか華雄《かゆう》を討《う》つ者はおらんかと、連合軍《れんごうぐん》の大将《たいしょう》が声をからして叫《さけ》んでも、だれもでていく者はおらん。おれも関羽《かんう》も、そのころは身分が低《ひく》かったから、ほかの武将《ぶしょう》たちに遠慮《えんりょ》していたが、しかし、このままでは本陣《ほんじん》があぶないと、関羽《かんう》が、『それがしでよければ、華雄《かゆう》の首を取ってまいりましょう』と申しでたのだ。

連合軍《れんごうぐん》の大将《たいしょう》は、『雑兵《ぞうひょう》がですぎたことをぬかすな』といきりたったが、曹《そう》操《そう》が、『まあ、やらせてみようではないか』と取りなしたのさ」

曹操《そうそう》は、杯《さかずき》に熱《あつ》い酒をなみなみとついで、これを飲んでから行くがよいと、

関羽《かんう》にさしだした。しかし関羽《かんう》は、もどってからいただきましょうといって断《ことわ》り、青竜《せいりゅう》の偃月刀《えんげつとう》をひっさげて本陣《ほんじん》をでていった。

そのときにはもう、華雄《かゆう》の軍勢《ぐんぜい》が本陣《ほんじん》のまぢかにせまっていた。ときの声や太鼓《たいこ》のとどろき、銅鑼《どら》のひびき、馬のひづめの音がひとつに重なって地をゆるがした。

と、すべての音が一瞬《いっしゅん》止んだ。と思うまもなく、関羽《かんう》が本陣《ほんじん》にもどってきた。手には華雄《かゆう》の首をひっさげている。

――では、この酒、いただきましょう。

関羽《かんう》は、血まみれの手に杯《さかずき》を取るや、ひといきに飲みほした。酒はまだあたたかかった。

「というわけさ。これで関羽《かんう》の名は天下に知れわたった」

「張飛《ちょうひ》さんは、そのときどうしてたの」

夏花《かか》が聞いた。

「おれか。おれも、関羽《かんう》が華雄《かゆう》の首を取ったからには、これよりただちに汜水《しすい》関《かん》に討《う》ちかかり、洛陽《らくよう》に攻《せ》め入って董卓《とうたく》を生け捕《いど》りにしてくれるわと、その場におどりでたんだが、連合軍《れんごうぐん》の大将《たいしょう》が、これ以上《いじょう》雑兵《ぞうひょう》がでしゃばるのなら、兵《へい》をひき上げるぞと怒《おこ》りだしたんで、それでおしまいさ」

張飛《ちょうひ》はにがわらいすると、

「しかし、まあ、おれは関羽《かんう》とちがって、酒で名を上げることは、この先もあるまいよ」

さとったようにひげをなでた。

「そろそろ行きましょうか」

孔明《こうめい》が茶碗《ちゃわん》をおいて、立ち上がろうとすると、居酒屋《いざかや》の主人が歩みよってきた。

「ちょっとお待ちを」

「なんでしょう」

孔明《こうめい》はすわりなおして、主人に顔をふりむけた。

「あのう、お話をうかがっておりますと、こちらさまは、だいぶお酒がお好《す》きなようで」

主人は、遠慮《えんりょ》がちに張飛《ちょうひ》を見やった。

「好《す》きなんてもんじゃありません。この人は、水のかわりに酒を飲むんです。毎日、ご飯《はん》のかわりに酒を飲んでもいます」

「おいおい、軍師《ぐんし》。いくらなんでも、それはいいすぎだわ」

張飛《ちょうひ》はにがわらいしたが、すぐにひげをしごいてうなずいた。

「しかし、まあ、それに近いかもしれんな」

「どのくらいお飲みになるんで」

主人が身を乗りだした。

「そうだなあ」

張飛《ちょうひ》は、かべぎわにずらりとならんでいる酒甕《さかがめ》を見まわすと、

「まあ、あのくらいはいちどきに飲めるだろうて」

そういって、いちばん大きな酒甕《さかがめ》を指さした。

「さようでございますか！」

居酒屋《いざかや》の主人は、ぱっと顔をかがやかすと、

「ちょっとここでお待ちになっていてください」

いうなり、あたふたと店からかけだしていった。

「なんだ、あれは」

張飛《ちょうひ》はあきれたようにつぶやいた。

「今のうちに、ここをでていったほうがいいんじゃないかなあ」

蒼太《そうたい》がいった。

「なんだか変《へん》なことにまきこまれそうな気がする」

「あたしもそう思う」

夏花《かか》がうなずいた。

「蒼太《そうたい》の勘《かん》はあたるみたい。この前だって、蒼太《そうたい》の勘《かん》を信《しん》じていれば、孔明《こうめい》さんも張飛《ちょうひ》さんも牛になんかならないですんだはずよ」

「そうだねえ」

孔明《こうめい》は、ちょっと考えていたが、すぐに立ち上がった。

「主人がもどってこないうちに、行ってしまおう」

四人がそろって居酒屋《いざかや》をでようとしたとき、居酒屋《いざかや》の主人が、息を切らしてかけもどってきた。そのあとから、ひとりの老人《ろうじん》がよたよたと走ってくる。

「待って、待って、待ってください！」

主人は、あわてたように四人の前に立ちふさがった。

「わたしどもの話を聞いてください」

そこへ、老人《ろうじん》がぜいぜいあえぎながら、かけこんできた。

「お、願《ねが》いで、す。は、話を聞いて……く、く、く……」

老人《ろうじん》は、はげしくせきこんだ。主人が水をくんできて飲ませ、老人《ろうじん》の背中《せなか》をさすった。

そのままで行くわけにもいかず、四人はしかたなく店内にもどった。

「見苦しいところをお見せして、申しわけありません」

しばらくしておちついた老人《ろうじん》は、四人の前でていねいに頭をさげた。白髪《しらが》で白いひげをはやし、白く長いまゆ毛がまぶたをおおうようにたれている。

「わしは、この村の村長《むらおさ》です。じつは、あなたがたに、村を痛《いた》めつける妖怪《ようかい》をやっつけていただきたいのです」

「妖怪《ようかい》だって⁉」

張飛《ちょうひ》がいきなり立ち上がった。

「じょうだんじゃねえ。おれはごめんこうむる。さっさと行こうぜ」

「えっ、だって張飛《ちょうひ》さん、牛鬼《ぎゅうき》をやっつけたじゃない。もう妖怪《ようかい》は苦手じゃなくなったって思ってた」

夏花《かか》がいった。

「とんでもねえ。あのときは死にものぐるいだったから、なんとか立ちむかえただけだ。妖怪《ようかい》なんぞ顔も見たくないわ」

「まあ、そういわずに、話を聞いてみましょう」

孔明《こうめい》は、やんわりと張飛《ちょうひ》をおさえると、村長に向きなおった。

「なんで、わたしたちが妖怪《ようかい》をやっつけられると思われたのですか」

「それは、こちらの方が酒に強いとお聞きしたものですから」

老人《ろうじん》は、張飛《ちょうひ》を見上げた。

「お酒と妖怪《ようかい》をやっつけるのと、どういう関係があるっていうの？」

夏花《かか》が小首をかしげた。

「それは、こういうわけです――」

村長は、長いまゆ毛をかき上げながら、話しはじめた。

二

この村は、このあたりではいちばん豊《ゆた》かな村で、田や畑はたくさんあり、牛や馬や羊、豚《ぶた》などの家畜《かちく》もたくさん飼《か》っていた。ところが三年前に、とんでもない災難《さいなん》が村にふりかかった。

六月のある日のこと。村人が田や畑でいそがしく働《はたら》いていると、とつぜん強い風が吹《ふ》いてきた。

「おんや。風が吹《ふ》いてきたぞ」

「天気が変《か》わったんかいな」

「なあに、すぐにやむだろうよ」

村人たちは、のんきにかまえて気にもしなかったが、風がおさまると、畑に恐《おそ》ろしげなようすをした妖怪《ようかい》が立っていた。

おどろいた村人たちが逃《に》げちると、妖怪《ようかい》は、放しがいにしていた牛や馬、羊や豚《ぶた》を食べ、鶏《にわとり》やアヒルを丸のみにして、風とともにさっていった。あとには、妖怪《ようかい》が食べちらした牛や馬、羊や豚《ぶた》などの死骸《しがい》がところせましとちらばっていた。

「なんてこった」

「ひ、ひどい」

「まさか、この村に妖怪《ようかい》がやってくるとは」

村人たちは、ぼうぜんとした。

「このままではすまないぞ。またやってくるかもしれん」

村長は、村人たちに用心するようにいい、家畜《かちく》をなるべく外にださないようにした。

けれど、そうしてもなんの役にも立たなかった。妖怪《ようかい》は、村人たちがねむっているあいだに、牛小屋や馬小屋にしのびこんで、牛や馬を食べてしまうのだ。

村人たちは、交代で家畜《かちく》小屋に見張《みは》りを立て、やってきた妖怪《ようかい》に鋤《すき》や鍬《くわ》をふるって打ちかかったが、またたくまに打ち負かされ、けが人や死人を大勢《おおぜい》だしてしまった。

「このままでは、村の家畜《かちく》が食べつくされてしまうぞ。なにかいい手立てはないか」

村長は、おもだった村人たちを集めて相談《そうだん》したが、だれもいい知恵《ちえ》はうかばない。

「こうなったら、いちかばちかだ。妖怪《ようかい》にたのみこんでみよう」

村長は決心した。

そして、やってきた妖怪《ようかい》に、

「馬と牛と豚《ぶた》と羊をそれぞれ何頭かつけるから、よその村に行ってくれないか」

と、思い切ってたのんでみた。

妖怪《ようかい》は首をふった。

「よその村の牛や馬は、やせていて、うまくない」

「しかし、このまま食いほうだいに食われては、この村から家畜《かちく》がいなくなってしまう」

村長はくいさがった。

すると妖怪《ようかい》は、しばらく考えてから、

「それならおれと勝負しろ」

といった。

「勝負?」

「そうだ。おれが負けたら、よその村に行こう。勝てば、これまでどおり村の家畜《かちく》を食わせてもらう」

「どんな勝負だ」

「おれは酒が好《す》きなんだ。だから、酒の飲みくらべをしよう。どっちかが酔《よ》いつぶれるまで、飲みつづけるのだ」

思ってもみないなりゆきになったが、ともあれ、妖怪《ようかい》に勝てばこれ以上《いじょう》の災《さい》難《なん》はまぬかれると思った村長は、さっそく村でいちばん酒の強い男に、妖怪《ようかい》との勝負を命じた。

「まかせてくだせえ。かならず妖怪《ようかい》めを酔《よ》いつぶしてみせます」

男はりきって妖怪《ようかい》との酒の飲みくらべにのぞんだが、あっけなく先に酔《よ》いつぶれて、村人たちにかつぎだされるしまつ。

「こんどはもっと酒に強い男をつれてこい」

妖怪《ようかい》は、酔《よ》ったようすもなく、せせらわらうと、何頭もの牛や馬を食いちらして、もどっていった。

そのあとも、村の男たちが妖怪《ようかい》との勝負にのぞんだが、妖怪《ようかい》に勝てる者はなく、村の家畜《かちく》は妖怪《ようかい》の思うままに食われつづけた。

「――というわけで、こちらさまが酒に強いと聞いて、かけつけたしだいです。妖怪《ようかい》と勝負をして、なんとしても負かしていただきたいのです。村の家畜《かちく》を食いつくしたら、妖怪《ようかい》はこんどは村の者を食うつもりでいるのです」

話し終えると、村長は、居酒屋《いざかや》の主人とともに深々と頭をさげた。

「でも、どうして、妖怪《ようかい》に飲ませるお酒に、しびれ薬かなんか入れておかなかったのかなあ」

蒼太《そうたい》がいった。

「そうすれば、かんたんに退治《たいじ》できたんじゃないかと思うけど」

「そんなことは、とっくにやってますよ」

居酒屋《いざかや》の主人が、怒《おこ》ったように蒼太《そうたい》をにらんだ。

「けれど、あいつは用心深くて、飲む前にかならず舌《した》で飲む酒の味をたしかめるんです。しびれ薬を入れたときは猛烈《もうれつ》に怒《おこ》って、いつもの倍の牛や馬を食われてしまったんです。それ以来《いらい》、下手な小細工はしないようにしているんです」

「妖怪《ようかい》は、いつやってくるんですか」

孔明《こうめい》がたずねた。

「毎月五のつく日にやってきます。今日は十五日ですから、今夜くるはずです」

「なるほど。それで急いでいたわけですね」

孔明《こうめい》はうなずいて、張飛《ちょうひ》に声をかけた。

「どうです、張飛《ちょうひ》どの。ひとつやってみませんか。大好《だいす》きな酒が飲めて、人助けになるんですから」

「まあ、酒はいいが、妖怪《ようかい》の相手というのがどうもなあ」

ずっと立ったまま話を聞いていた張飛《ちょうひ》は、ひげをぼりぼりかいて、答えた。

「人間なら、五十人だろうが百人だろうが、おれさまの蛇矛《じゃぼう》のひとふりでかたづけてやるんだが、妖怪《ようかい》を前にすると、体じゅうがふるえて蛇矛《じゃぼう》も使えなくなる」

「蛇矛《じゃぼう》で戦うんじゃなくて、お酒で対決するんだから、いいんじゃない。やってみれば、張飛《ちょうひ》さん。村の人たちを助けてあげましょうよ！」

夏花《かか》がいった。蒼太《そうたい》の勘《かん》を信《しん》じて、早くでかけたほうがいいといっていたのに、持ち前の正義感《せいぎかん》が強くなったようだ。

「関羽《かんう》さんは、お酒で天下に名前を知られたんだから、妖怪《ようかい》を酔《よ》いつぶせば、張飛《ちょうひ》さんの名前も知れわたるんじゃない？　ね、蒼太《そうたい》もそう思うでしょ」

「えっ、うん、まあ、そうだけど……」

蒼太《そうたい》はいきなり聞かれて、とまどった。できることなら、よけいなことにかかわらないほうがいい。けれど、村人たちを助けてやりたい気もする。まよっていると、

「どっちなの。はっきりしなさいよ！」

夏花《かか》にどなられてしまった。

「よし。やってみよう！」

蒼太《そうたい》が答える前に、張飛《ちょうひ》が大声でいった。

「夏花《かか》のいうとおりだ。関羽《かんう》のように、おれも酒で名を上げてやるわ」

「それでこそ、張飛《ちょうひ》どのだ」

「張飛《ちょうひ》さん、すてき！」

孔明《こうめい》がにこりとうなずき、夏花《かか》がぱちぱちぱちと手をたたいた。蒼太《そうた》は、ぱちん、ぱちんと手を打った。

「ありがとうございます」

「ありがとうございます」

村長と居酒屋《いざかや》の主人は、腰《こし》をふたつに折《お》るようにして、何度も何度も頭をさげた。

それから四人は、村長の案内《あんない》で村の広場に向かった。すでに居酒屋《いざかや》の主人が知らせたらしく、広場には大勢《おおぜい》の村人が集まっていた。老人《ろうじん》や子どもたちもいた。

広場のまん中には、大きな丸い卓《たく》がすえられ、そのまわりに丸い石が点々とおかれていた。

「さあ、どうぞ、こちらにおすわりを」

村長が、四人を卓《たく》に案内《あんない》した。

四人がそれぞれ丸い石に腰《こし》をおろすと、村人たちが卓《たく》のまわりをぐるりと取りかこんだ。

「あの人だよ、ほら、黒いひげだらけの人」

「たのもしいね」

「うん。お酒に強そうな顔してる」

「でも、妖怪《ようかい》に勝てるかな」

「勝ってもらわなくちゃ困《こま》る」

「そうだよ。もうここでは暮《く》らしていけないっていって、村をでていく者もいるからな」

村人たちは、口々にささやきあっている。小さな子どもが、張飛《ちょうひ》のそばによってきて、こわごわと顔を見つめた。

張飛《ちょうひ》がぎょろりと目をむくと、わっと叫《さけ》んで逃《に》げだした。

「さあさあ、みんな、豪傑《ごうけつ》のじゃまをしてはいかん。これから大事な勝負がひかえておるんじゃからな」

村長が、ぱんぱんと手を打ち鳴らした。

「それまで、くつろいでいただかなくては。女は料理《りょうり》、男は酒の支度《したく》をせい！」

村長の命令で、村人たちはいっせいに卓《たく》からはなれた。

しばらくすると、女たちがさまざまな料理《りょうり》を盛《も》った大皿をかかえ、男たちが大きな酒甕《さかがめ》を棒《ぼう》にになって広場にもどってきた。

「たいしたものではありませんが、召《め》し上《あ》がってください。とくに豪傑《ごうけつ》には、妖怪《ようかい》との勝負にそなえて、英気《えいき》を養《やしな》っていただきましょう」

村長がいった。

ちょうどお腹《なか》がすいてきた蒼太《そうた》と夏花《かか》は、遠慮《えんりょ》なく料理《りょうり》をぱくついた。孔明《こうめい》も、酒をのんでほんのり顔を赤くしている。

ところが、かんじんの張飛《ちょうひ》は、杯《さかずき》も手にしなければ、料理《りょうり》にも箸《はし》をのばさない。組んだ腕《うで》を大きな腹《はら》の上にのせ、じっと目をつむっているばかり。

「どうしました、豪傑《ごうけつ》」

村長が、心配そうに声をかけた。

「料理《りょうり》や酒がお気に召《め》しませんかな」

「いや、そうじゃない」

張飛《ちょうひ》は、かっと目を見ひらいた。

「今、飲んだり食ったりすれば、腹《はら》がいっぱいになって、勝負のときに酒がはいる余地《よち》がなくなる。だから、腹《はら》をからっぽにして、勝負にのぞみたいのだ」

「失礼《しつれい》いたしました。それほどのお覚悟《かくご》であれば、かならずや妖怪《ようかい》に勝てるにちがいありません」

村長は、感激《かんげき》して長いまゆ毛をふるわせた。まわりを取りかこんでいた村人のあいだから、歓声《かんせい》と拍手《はくしゅ》がわきおこった。

張飛《ちょうひ》はふたたび目をつむった。

三

やがて、あたりが暗くなり、広場にはかがり火がたかれた。そのころになると、村人たちも飲み食いにくわわり、広場はすっかり宴会場《えんかいじょう》に変わった。

村人たちは、もう妖怪《ようかい》に勝ったような気分になっているのか、歌ったりおどったりして、うかれさわいでいた。孔明《こうめい》も酔《よ》ったのか、その輪《わ》にくわわっていっしょにおどっている。

張飛《ちょうひ》がいなくなったのに最初《さいしょ》に気づいたのは、夏花《かか》だった。

「あれ、張飛《ちょうひ》さんは？」

村人たちのおどりを見ていた夏花《かか》が、卓《たく》に目をもどして、声を上げた。さっきまで、腕組《うでぐ》みをしてじっと目をつむっていた張飛《ちょうひ》の姿《すがた》が見えない。わきに立てかけてあった蛇矛《じゃぼう》もない。ただ丸い石だけが、ぽつんと冷たく光っている。

「蒼太《そうたい》、張飛《ちょうひ》さんがいないよ」

「ほんとだ」

蒼太《そうたい》も気がついた。

「おしっこにでも行ったのかな」

「でも、蛇矛《じゃぼう》もないわよ。蛇矛《じゃぼう》を持っておしっこに行くかしら」

「そういえばそうだね……あっ」

蒼太《そうたい》ははっとした。

「まさか！」

「そう。その〝まさか〟かも」

ふたりは顔を見あわせた。

ふたりの頭にうかんだのは、張飛《ちょうひ》が、〈妖怪《ようかい》がこわくなって、逃《に》げだしたんじゃないだろうか〉ということだった。

蒼太《そうたい》と夏花《かか》は、目配せしあって、卓《たく》をはなれた。村人たちも孔明《こうめい》も、歌やおどりに夢中《むちゅう》になっていて、張飛《ちょうひ》が消えたことに気がついていない。だれにも知られないうちに、張飛《ちょうひ》をさがしだして、なんとしてもつれもどさなければならない。張飛《ちょうひ》の〈名誉《めいよ》〉のために。

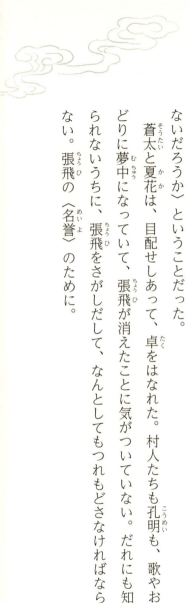

広場をでると、暗闇《くらやみ》がふたりをつつんだ。夏花《かか》がペンライトをつけた。村の家々の影《かげ》が明かりの中につぎつぎとうかび上がった。子どもたちや年よりはもうねむっているのだろう。あたりはひっそりとしていた。

「張飛《ちょうひ》さん！」

「どこにいるの、張飛《ちょうひ》さん！」

蒼太《そうたい》と夏花《かか》は、張飛《ちょうひ》の名をよびながら、村の中を歩きまわった。

しかし、返事はなく、あの大きな姿《すがた》が、暗がりからぬっとでてくることもなかった。

「いったい、どこへ行っちゃったんだろう」

「やっぱり、逃《に》げちゃったのかしら」

不安気《ふあんげ》にことばをかわしながら、ふたりは村の外にでた。しばらく行くと、川につきあたった。

「ちょっと、あれ見て」

夏花《かか》が川原を指さした。

ちょうど雲が切れて、月が川原を照《て》らしていた。その月の光をあびて、大きな人影《ひとかげ》が長い矛《ほこ》を手にして、右に左にはげしく動いていた。矛《ほこ》がヒュッヒュッと鋭《するど》く夜気を切りさく。

「張飛《ちょうひ》さん！」

川原にかけよろうとする夏花《かか》を、蒼太《そうたい》が止めた。

「ほっといてあげようよ」

「どうして？」

「張飛《ちょうひ》さんは、妖怪《ようかい》との対決にそなえて、弱気にならないように、ああやって自分をふるいたたせてるんじゃないかと思うんだ」

「あっ、そうか」

夏花《かか》はすぐなっとくした。

「蒼太《そうたい》って、すごいね。ひとの気持ちが分かるんだ」

「いやあ、それほどでもないよ」

夏花《かか》にほめられて、蒼太《そうたい》は照《て》れた。でも、うれしかった。

ともあれ、ふたりはほっとして、広場にもどった。しばらくすると、張飛《ちょうひ》がもどってきて、何事もなかったように自分の席《せき》についた。

「おや、張飛《ちょうひ》どの。どこへ行っていたのです。姿《すがた》が見えなかったようだが」

卓《たく》にもどってきていた孔明《こうめい》が、舌《した》がもつれるような口ぶりでいった。

「小便《しょうべん》」

張飛《ちょうひ》は、むすっとしていうと、腕《うで》を組み、目をつむった。

夜がふけるにつれて、村人たちは静《しず》かになっていった。歌もおどりも止まり、卓《たく》もきれいにかたづけられた。大きな酒甕《さかがめ》が五つ、広場に運びこまれてきた。

「そろそろです」

村長がいった。

そのことばが終わるか終わらないうちに、にわかに風が吹《ふ》いてきた。

「来るぞ!」

「妖怪《ようかい》だ」

「かくれろ!」

村人たちは、われ先に逃《に》げちり、あとには村長と数人の男たちだけがのこった。

風はしだいに強くなり、かがり火がひとつふたつと消えていって、やがてあたりは月の光だけになった。と、ふいに風がやんで、卓《たく》をはさんで張飛《ちょうひ》のま向かいに、異様《いよう》な顔をしたものがあらわれた。

丸い頭には髪《かみ》の毛《け》が一本もなく、全体が緑色のうろこにおおわれている。耳も鼻もただの穴のようで、まゆ毛のないつり上がった目は赤く光り、キュッと左右に裂《さ》けた口もとからは、細くて鋭《するど》い牙《きば》が二本のぞいていた。

「こいつが、今夜のおれの相手か」

妖怪《ようかい》は、張飛《ちょうひ》にあごをしゃくった。

張飛《ちょうひ》は、うつむいて、妖怪《ようかい》と目を合わせない。体がこきざみにふるえている。川原で蛇矛《じゃぼう》をふるって自分をふるいたたせたものの、いざ妖怪《ようかい》を目の前にすると、おじけづいてしまったようだ。

「張飛《ちょうひ》どの、ふんばりどころですよ」

孔明《こうめい》が、肩《かた》をたたいた。

「がんばって」

「しっかりしてよ」

夏花《かか》と蒼太《そうたい》が声をかけた。

「ははは。まともにおれの顔も見られないとは、とんだ弱虫野郎《やろう》だ。おおかた酒も弱いにちがいない」

妖怪《ようかい》があざわらった。

張飛《ちょうひ》の肩《かた》がびくんと動いた。

「酒、酒を……」

つぶやくようにいった。

「はじめるんじゃ」

村長の合図で、村人が赤《あか》ん坊《ぼう》の頭より大きな杯《さかずき》を妖怪《ようかい》と張飛《ちょうひ》の前においた。

そして、酒甕《さかがめ》からなみなみと酒がつがれた。

「おお、さ、酒だ！」

張飛《ちょうひ》は杯《さかずき》に飛《と》びつくと、両手でささげもつようにして、ごくごくごくとのどを鳴らして飲みはじめた。杯《さかずき》がしだいにかたむいていき、張飛《ちょうひ》の顔がすっかりかくれたかと思うと、

「ぷふぁー」

大きな息とともに、勢《いきお》いよく卓《たく》におかれた。中には一滴《てき》の酒もはいっていな

かった。

「お見事！」

村長が白髪頭《しらが》をふりたてて、手をたたいた。村人や孔明《こうめい》、夏花《かか》、蒼太《そうた》もいっせいに拍手《はくしゅ》した。

「さあ、お前の番だ」

張飛《ちょうひ》は、ぐっと背《せ》をのばすと、妖怪《ようかい》をまともに見やった。もう体はふるえていなかった。

「ふん。一杯《ぱい》飲んだぐらいでいい気になるな」

妖怪《ようかい》は、裂《さ》けた口から赤い舌《した》をだした。舌《した》は長く、細く、先がふたつに裂《さ》けてとがっていた。その舌《した》の先をちょろっと酒につけて、味をたしかめると、両手で杯《さかずき》をかかえ、一気に飲みほした。

「二杯《はい》め！」

村長が叫《さけ》んだ。

ふたつの杯《さかずき》に、またなみなみと酒がつがれた。張飛《ちょうひ》は、こんどはゆっくりと、味わうように飲みほした。妖怪《ようかい》は一杯《ぱい》めと同じように、一気に飲んだ。

つづいて張飛《ちょうひ》が三杯《ばい》めを飲みほすと、村長をはじめ村人たちのあいだから、どっと歓声《かんせい》が上がった。

「村の者で、三杯《ばい》めを飲んだ者は、これまでひとりもいないんです」

村長は、興奮《こうふん》した口調で孔明《こうめい》たちにいった。

「ふん。これから先は、どうなるか分からんぞ」

妖怪《ようかい》はにくにくしげにいうと、三杯《ばい》めを飲みほした。

四杯《はい》めからは、これまでと変《か》わって、張飛《ちょうひ》はちびちびと時間をかけてゆっくりと飲んだ。

「さっさと飲め！」

妖怪《ようかい》はいらだったが、

「いいじゃないか。どんな飲み方をしようと、おれの勝手だ」

と、張飛《ちょうひ》は相手にしなかった。

そのころになると、張飛《ちょうひ》の飲みっぷりを知って、逃《に》げちった村人たちが広場にもどってきた。みんな卓《たく》を取りまいて、張飛《ちょうひ》に声援《せいえん》を送った。

五杯《はい》、六杯《ぱい》と飲みすすんでも、張飛《ちょうひ》は少しも酔《よ》ったようすを見せなかった。

いっぽう妖怪《ようかい》は、ひとくち飲むごとにふーっと息をつき、飲みほすまでにしだいに時間がかかるようになってきた。

七杯《はい》めから八杯《ぱい》めになると、さすがの張飛《ちょうひ》も少しきつくなってきたのか、息をつきはじめた。妖怪《ようかい》は、上半身をゆらゆらゆらしている。

九杯《はい》め。張飛《ちょうひ》は飲みほしたが、妖怪《ようかい》は杯《さかずき》に手をのばしたものの、がくりと首をたれて、飲もうともしない。

「どうした。もうおしまいか」

張飛《ちょうひ》があざわらった。

その声ではっと気がついたのか、妖怪《ようかい》が首を上げ、杯《さかずき》を持ち上げて飲みはじめた。見まもっていた村人たちのあいだから、失望《しつぼう》のためいきがもれた。

十杯《ぱい》め。張飛《ちょうひ》は慎重《しんちょう》に飲み終えた。妖怪《ようかい》は、杯《さかずき》を口に持っていこうとしたが、いきなりバタンとうしろに倒《たお》れ、全身に酒をあびてひっくりかえってしまった。

つぎの瞬間《しゅんかん》、強い風がどっと広場に吹《ふ》きつけた。

風はあっという間に吹《ふ》きすぎていったが、あとには妖怪《ようかい》の姿《すがた》はなく、酒のしみこんだ地面が月明かりの中に黒々と光っていた。

四

「妖怪《ようかい》が逃《に》げたぞ！」

「豪傑《ごうけつ》の勝ちだ！」

「助かった、助かった！」

村人たちが歓声《かんせい》を上げた。

「やったね、張飛《ちょうひ》さん！」

「すごい、すごい！」

夏花《かか》と蒼太《そうたい》も興奮《こうふん》して飛《と》び上がった。

「ありがとうございました」

村長が、白いひげをふるわせながら、頭をさげた。

「これでもう、妖怪《ようかい》は村にやってこないでしょう」

「それはどうかな」

孔明《こうめい》が首をかしげた。

「妖怪《ようかい》が約束《やくそく》をまもるとは思えない。かならずまたやってくる。この機会《きかい》にやつを退治《たいじ》してしまったほうがいい」

「しかし、いつも風に乗ってやってくるので、やつのすみかがどこか、分かりませんのじゃ」

「風はどっちの方角から吹《ふ》いてくるのですか」

「村の南の山のほうからですじゃ」

「では、そっちへ行けば見つかるにちがいない」

孔明《こうめい》はそういって、村人たちを見まわした。

「さあ、妖怪退治《ようかいたいじ》にでかけましょう！」

村人たちは、おたがいに顔を見あわせてもじもじしている。

「おれはあとにのこるぜ」

張飛《ちょうひ》が両手をのばして、大きなあくびをした。

「ちょっとばかり飲みすぎたんで、ねむくてしようがないわ」

いうなり、張飛《ちょうひ》はばたんと卓《たく》につっぷして、ゴーガーと盛大《せいだい》ないびきをかきはじめた。

「まあ、あれだけがんばったんだから、ひと休みさせてあげましょう」

孔明《こうめい》は、わらってうなずくと、村長をふりむいた。

「村には銅鑼《どら》や太鼓《たいこ》はありますか？」

「ええ、ありますじゃ」

「では、あるだけの銅鑼《どら》と太鼓《たいこ》をあつめてください。それから、なんでもいいから音のでるものも」

「それはええですが、そんなものを集めて、いったいどうするつもりで」

「まあ、わたしにまかせてください」

孔明《こうめい》にいわれて、村長は、村じゅうからあるかぎりの銅鑼《どら》や太鼓《たいこ》をあつめ、そのほか、ぶーぶー鳴る角笛《つのぶえ》や鳥を追《お》いはらうのに使う太い竹筒《たけづつ》などを持ってきた。

「それではでかけましょう。みんな、できるだけ大きな音をだして」

孔明《こうめい》は、村長をはじめ数十人の村人たちの先頭に立って、歩きだした。村人たちは、何本ものたいまつをともし、じゃんじゃんどんどん、ぶーぶーぱんぱんと、銅鑼《どら》や太鼓《たいこ》を打ちならし、角笛《つのぶえ》を吹《ふ》き、竹筒《たけづつ》を棒《ぼう》でたたきながら孔明《こうめい》の

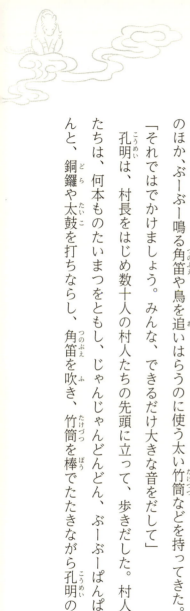

あとにつづいた。

「うるさいなあ」

「頭が割《わ》れそうだ」

夏花《かか》と蒼太《そうたい》は、顔をしかめ、両手で耳をおさえた。

「がまんしてあげなさい」

孔明《こうめい》が、たしなめるようにいった。

「音を立てることで、恐怖心《きょうふしん》をおさえようとしているんだから」

「えっ、それってどういうこと？」

蒼太《そうたい》は孔明《こうめい》を見やった。

「さっき、わたしが妖怪退治《ようかいたいじ》に行こうといったとき、村の人たちは、だまって顔を見あわせていただろう？　いざとなると、みんなこわくなってきたんだね。これはいけないと思って、村長に太鼓《たいこ》や銅鑼《どら》をあつめさせたのさ。大きな音を立てて陽気《ようき》にさわいでいけば、恐怖心《きょうふしん》もやわらぐからね、戦《いくさ》のときも同じさ。恐怖心《きょうふしん》をおさえるために、大声を上げて敵《てき》に向かっていくんだ」

「さすがは軍師孔明《ぐんしこうめい》さん！」

夏花《かか》がぱちんと手を打った。

「人の心が分かっているのね」

「ちぇっ」

蒼太《そうた》は夏花《かか》をにらんだ。自分がいいたかったことを先にいわれてしまったので、くやしかった。

一行は村をでて、南の山に向かった。しばらく行くと、行く手に三角形をした山の黒い影《かげ》が見えてきた。

道は上り坂になって、しだいに山に近くなってきた。いつのまにか太鼓《たいこ》も銅《ど》鑼《ら》も鳴らなくなっていた。たいまつの明かりにうかび上がる村人たちの顔は、どれもひきつっている。妖怪《ようかい》のすみかに近づいていると思うと、恐怖心《きょうふしん》をおさえきれないのだろう。

「なにかにおうぞ!」

「におう、におう」

「酒だ!」

「酒のにおいだ!」

村人たちがさわぎだした。何本ものたいまつが右に左にゆれて、あたり一帯《いったい》が明るく照《て》らしだされた。

「ここだ。ここがいちばん強くにおうぞ!」

村人のひとりが叫《さけ》んだ。左手に高いがけがそびえていた。がけすそに洞穴《ほらあな》の口があいている。近づくと、ぷーんと酒のにおいが鼻をついた。

「どうやら、この洞穴《ほらあな》が妖怪《ようかい》のすみかのようだ」

孔明《こうめい》が洞穴《ほらあな》に歩みよった。

「わたしと、あとふたりぐらいでたしかめてきましょう。だれか行く人はいませんか」

村人たちは、たがいに顔を見あわせた。だれも自分から行くとはいいださない。

「あたし、行くわ」

「おれも」

夏花《かか》と蒼太《そうたい》が同時にいった。

「いや、お前たちはここにのこれ。妖怪《ようかい》相手だ、なにがあるかわからない」

孔明《こうめい》は首をふった。

「いやよ。妖怪《ようかい》なんかこわくない」

「おれもだ。なにがあってもへっちゃらさ」

夏花《かか》と蒼太《そうたい》は、きっぱりといった。なにがあろうとも、赤壁《せきへき》の戦《たたか》いがはじまるまでは、孔明《こうめい》のそばをはなれるわけにはいかない。

「そうか」

ふたりの真剣《しんけん》な顔つきを見て、孔明《こうめい》はうなずいた。

「では、いっしょに行こう。蒼竜剣《そうりゅうけん》があれば、大丈夫《だいじょうぶ》だろう」

そのころになって、村人たちのなかから、ようやくふたりの若者《わかもの》が、「おれたちも行きます」と、申《もう》しでた。

「なによ。もっと早くいいなさいよ」

夏花《かか》がつぶやいた。

洞穴《ほらあな》の口は、はば二間《けん》ほど、高さが三間《げん》近くあった。村の若者《わかもの》のひとりが、たいまつをかかげて先に立ち、そのあとに蒼竜剣《そうりゅうけん》を手に持った孔明《こうめい》、夏花《かか》、蒼《そう》太《たい》とつづき、たいまつを持ったもうひとりの村の若者《わかもの》が、最後尾《さいこうび》についた。

洞穴《ほらあな》はゆるい下り坂になっていたが、足もとの地面はなめらかで歩きやすかった。ただ、酒のにおいがたちこめていて、夏花《かか》も蒼太《そうたい》も、そでで鼻と口をおおって進んだ。

しばらく進むと、洞穴《ほらあな》は急に高く広くなった。先頭の若者《わかもの》が、たいまつでまわりを照《て》らした。天井《てんじょう》からは、いくつもの岩がつららのようにつきでていて、今にもおちそうになっている。両側《りょうがわ》のかべは、ごつごつとした岩が重なりあうようにつらなっていて、そのひとつひとつが、犬や猫《ねこ》や豚《ぶた》や牛や馬などの獣《けもの》の顔をしていた。そのどれもが、額《ひたい》に角をはやし、三つの目をつり上げ、耳まで裂《さ》けた口から鋭《するど》い牙《きば》をむきだし、みにくく恐《おそ》ろしい顔つきをしていた。

「なんだか、気味がわるい」

夏花《かか》が、まゆをひそめてつぶやいた。
そのとき、村の若者《わかもの》が、わっと叫《さけ》んであとずさりした。広い洞穴《ほらあな》のすみに、大きな蟒蛇《うわばみ》がとぐろをまいていたのだ。酔《よ》っぱらってねむっているようだ。

「さては、妖怪《ようかい》の正体は蟒蛇《うわばみ》だったのか」

孔明《こうめい》が、蒼竜剣《そうりゅうけん》の柄《つか》に手をかけた。

すると、その気配を感じたのか、蟒蛇《うわばみ》が目をさましてぐっとかま首をもたげた。キュッと裂《さ》けた口から牙《きば》をむきだし、先がふたつに裂《さ》けている赤い舌《した》をちろちろさせている。

「ひゃああっ」

「わわわわっ」

ふたりの村の若者《わかもの》が、悲鳴を上げると、身をひるがえして逃《に》げだした。とたんに、あたりはまっ暗闇《くらやみ》になった。

「な、なんだ、あれ」

蒼太《そうた》が叫《さけ》んだ。洞穴《ほらあな》の天井《てんじょう》近くで、燃《も》えるように赤いふたつの玉が、ゆらりゆらりとゆれていたのだ。

「待って」

夏花《かか》が、ふところからすばやくペンライトを取りだして、スイッチを入れた。

「きゃっ」

「や、やばい！」

夏花《かか》と蒼太《そうたい》は、ずずっとあとずさった。天井《てんじょう》近くで光っていた赤い玉は、蟒《うわ》蛇《ばみ》のふたつの目玉だった。蟒蛇《うわばみ》が、二丈《じょう》あまりも直立して、体をゆらゆらさせていたのだ。まだ酔《よ》いが抜《ぬ》けないようだ。

「ふたりとも、下がっていなさい！」

孔明《こうめい》が叫《さけ》んで、蒼竜剣《そうりゅうけん》をすらりとひきぬいた。蒼竜剣《そうりゅうけん》は、ぼーっと青白い光を発して、洞穴《ほらあな》を照《て》らした。

シャーッ！

蟒蛇《うわばみ》は、体をゆらしながら、孔明《こうめい》めがけて襲《おそ》いかかってきた。蒼竜剣《そうりゅうけん》がひらりとひるがえって、蟒蛇《うわばみ》の頭にふりおろされた。だが、剣《けん》はがつんと音をたててはねかえされてしまった。蟒蛇《うわばみ》のうろこは、鋼《はがね》のようにかたかったのだ。

シャーッ！

体勢《たいせい》をととのえると、蟒蛇《うわばみ》はふたたび攻撃《こうげき》してきた。蒼竜剣《そうりゅうけん》は下からすくい上げるように蟒蛇《うわばみ》の腹《はら》を切りさこうとした。けれど、刃《は》はただ腹《はら》の皮をすべっただけだった。

「くそっ。蒼竜剣《そうりゅうけん》が歯がたたん！」

舌打《したう》ちした孔明《こうめい》は、右手で蒼竜剣《そうりゅうけん》の柄《つか》を逆手《さかて》に握《にぎ》って、肩《かた》にかついだ。

シャーッ！

蟒蛇《うわばみ》は、赤い目を光らせて三たび襲《おそ》いかかってきた。

「行け！　たのむぞ！」

孔明《こうめい》は、肩《かた》にかついだ蒼竜剣《そうりゅうけん》を蟒蛇《うわばみ》の赤い目めがけて槍《やり》投げのように投げつけた。

蒼竜剣《そうりゅうけん》は、孔明《こうめい》の意志《いし》が伝《つた》わったかのように、勢《いきお》いよくまっすぐに飛《と》んでいったかと思うと、蟒蛇《うわばみ》の右の目にぐさっとつきささった。

蟒蛇《うわばみ》は、どたりと大きな音を立てて倒《たお》れると、そこらじゅうのたうちまわった。大地震《おおじしん》のようにはげしく地面がゆれ、かべがくずれ、天井《てんじょう》からつららのような岩がどすどすとおちてきた。

「ふせろ！」

孔明《こうめい》が叫《さけ》んだ。蒼太《そうたい》と夏花《かか》は、頭をかかえてその場にしゃがみこんだ。

しばらくして、ゆれがやんだ。

「ふたりとも大丈夫《だいじょうぶ》か」

孔明《こうめい》が声をかけた。

「ええ」

「うん」

夏花《かか》と蒼太《そうたい》は短く答えて、立ち上がった。夏花《かか》がペンライトであたりを照《て》らした。そこらじゅうに岩のかけらがちらばっていて、足のふみ場もない。蟒蛇《うわばみ》は、右の目に蒼竜剣《そうりゅうけん》をつきたてたまま、岩のかけらのあいだに横たわっていた。その頭に、大きな岩のかたまりが乗っていた。その岩におしつぶされたようだ。

「あぶないところだったな」

孔明《こうめい》が歩みよって、蒼竜剣《そうりゅうけん》をひきぬいた。ふところから布《ぬの》をだして刀身をぬぐい、鞘《さや》におさめた。

「さあ、もどろうか」

ペンライトをつけた夏花《かか》を先頭に、三人は洞穴《ほらあな》の口に向かった。

外では、村人たちが、折《お》りかさなるようにして洞穴《ほらあな》の口をのぞきこんでいた。三人が姿《すがた》をあらわすと、まるで幽霊《ゆうれい》でも見たかのように、わっと飛《と》びのいた。

「おお、ご無事《ぶじ》でしたか」

村人をかきわけて、村長が前にでてきた。

「若《わか》い者が逃《に》げもどってきて、妖怪《ようかい》の正体が蟒蛇《うわばみ》だというのでおどろいていたところ、ものすごい地ひびきで、てっきりあなた方は妖怪《ようかい》にやられてしまったのではないかと、憂慮《ゆうりょ》していたのですじゃ」

「なに、妖怪《ようかい》はやっつけましたから。安心してください」

孔明《こうめい》のことばに、村人たちはわっと歓声《かんせい》を上げ、三人を取りまいてもみくちゃにした。

村人たちは、三人を肩車《かたぐるま》して、どんどんじゃらじゃらと景気《けいき》よく太鼓《たいこ》や銅鑼《どら》を鳴らしながら村にもどった。すでに夜が明けていた。広場では張飛《ちょうひ》がちょうど目をさまして、大きなあくびをしたところだった。

「妖怪《ようかい》はどうなった」

「孔明《こうめい》さんがやっつけたわ」

夏花《かか》がいった。

「これで、張飛《ちょうひ》さんも、妖怪《ようかい》を酔《よ》いつぶした豪傑《ごうけつ》として、伝説《でんせつ》になるよ」

蒼太《そうたい》がいった。

「そうか。関羽《かんう》は一杯《ぱい》、おれは十杯《ぱい》。〝張飛《ちょうひ》十杯《ぱい》の酒〟ってのはどうだ」

張飛《ちょうひ》は、天を向いて、がははははと豪快《ごうかい》にわらった。

変《へん》顔《がん》を追いかけて（三）

佐山信夫《さやまのぶお》とおじいさんの佐山博士《さやまはかせ》は、三国志《さんごくし》の予言書《よげんしょ》の巻物《まきもの》をうばって逃《に》げている中《ちゅう》国《ごく》の妖怪《ようかい》・変顔《へんがん》を追いつづけていた。

変顔《へんがん》は、妖怪《ようかい》ハンターに捕《つか》まって、N《エヌ》町の郊外《こうがい》にある妖怪刑務所《ようかいけいむしょ》に入れられたが、妖《よう》怪《かい》たちの脱出《だっしゅつ》さわぎを利用《りよう》して、刑務所《けいむしょ》からでることに成功《せいこう》したのだ。

「おじいちゃん、変顔《へんがん》は今どこにいるの」

信夫《のぶお》が聞いた。

「どうやらハッピータワーの方に向かっているようだ」

佐山博士《さやまはかせ》が、スマホのディスプレイに目をやりながら、答えた。

予言書《よげんしょ》の巻物《まきもの》は、変顔《へんがん》が持っている黒いショルダーバッグにはいっている。巻物《まきもの》には発信器《はっしんき》のチップが取りつけてあるから、その信号《しんごう》をスマホで追跡《ついせき》していけば、変顔《へんがん》が今どこにいるがが分かるのだ。

「早く捕《つか》まえないとね」

「うむ」

ふたりは、表情《ひょうじょう》をひきしめて、ハッピータワーに向かって急いだ。

巻物《まきもの》は、十日以内《いない》に元の鉛《なまり》の箱にもどさないと、記されている文字が消えてしまう。

文字が消えてしまうと、そこに記されている歴史上《れきしじょう》の出来事もないことになってしまう。

そうなると、未来《みらい》の歴史《れきし》が変《か》わってしまうのだ。

巻物《まきもの》がうばわれてから、今日で三日めになる。そろそろ記された文字がうすれかかってきているにちがいない。信夫《のぶお》と佐山博士《さやまはかせ》は必死《ひっし》だった。

やがて、向こうに巨大《きょだい》なガラスの塔《とう》のようなハッピータワーが見えてきた。三年前にN《エヌ》町の郊外《こうがい》にできた八階《かい》建《だ》てのショッピングモールだ。食料品《しょくりょうひん》から衣料《いりょう》、家庭用品、スポーツ用品、ホビー、玩具《がんぐ》などがそろい、レストランやミニシアターもあって、一日中ここですごせるようになっている。ひとつの街《まち》がそっくり建物《たてもの》の中にはいっているようなものだ。

ふたりは、通りをへだててハッピータワーがそびえるところまでやってきた。ちょうど信号《しんごう》が赤になった。

「やつは、タワーの中にはいったぞ」

スマホを見ながら、佐山博士《さやまはかせ》がいったが、つぎの瞬間《しゅんかん》、あっと声を上げた。

「どうしたの、おじいちゃん」

信夫《のぶお》がふりむいた。

「発信器《はっしんき》からの信号《しんごう》が消えたんじゃ」

「えっ、ほんと!?」

信夫《のぶお》は佐山博士《さやまはかせ》の手にあるスマホをのぞきこんだ。たしかに、今までディスプレイ上で光って変顔《へんがん》の居場所《いばしょ》を知らせていた緑色の点が消えている。

「発信器《はっしんき》の故障《こしょう》か。さもなければ、やつが発信器《はっしんき》に気づいて取りはずしたか……」

佐山博士《さやまはかせ》は、ぼうぜんとしてつぶやいた。

「でも、タワーにはいったのはたしかだから、とにかく中にはいってさがして……おじいちゃん、見て！」

信夫《のぶお》が途中《とちゅう》でことばを切って、右手のほうを指さした。

ハッピータワーの正面入り口の右側《みぎがわ》に、透明《とうめい》のエレベーターチューブがあって、その中を透明《とうめい》のゴンドラが上下していたが、ちょうど二階《かい》にのぼっていくゴンドラの中に、緑色の制服《せいふく》のようなものを着た男の背中《せなか》が見えていたのだ。ななめがけにした黒いショルダーバッグも見える。

「あれ、変顔《へんがん》じゃない?」

「まちがいない」

佐山博士《さやまはかせ》は大きくうなずいた。

「どこでおりるか、見ていよう」

ふたりは、目を皿のようにしてエレベーターチューブを見つめた。ゴンドラは、二階《かい》から三階《がい》、四階《かい》、五階《かい》へとのぼっていったが、緑色の背中《せなか》は動かない。六階《かい》、七階《かい》、八階《かい》までのぼったところで、背中《せなか》が動いて見えなくなった。

「八階《かい》だ。やつは八階《かい》でおりたぞ!」

「行こう、おじいちゃん」

「待ちなさい。やつはいずれタワーからでてくる。入り口のあたりで見張《みは》っていたほうがいい」

「でも、タワーの中で別の顔に変《か》えたり、着ているものをかえたりしたら、変顔《へんがん》だって

分からなくならない？」

「そうか。そうだな。よし、行こう」

おりよく信号《しんごう》が青に変《か》わった。ふたりは、走って通りを渡《わた》り、ハッピータワーにかけこむと、すぐさまエレベーターで八階《かい》にのぼった。

八階《かい》は西洋庭園になっていた。噴水《ふんすい》を中心にして、きれいに刈《か》りこまれた緑の生《い》け垣《がき》にかこまれた遊歩道が渦《うず》まき状《じょう》にのびている。天井《てんじょう》は開閉式《かいへいしき》のガラスのドームだ。

噴水《ふんすい》の水は本物だったが、生《い》け垣《がき》は本物そっくりに作られた人工生《い》け垣《がき》だった。二一一一年のこの時代、自然《しぜん》の木や草や花はほとんど絶滅状態《ぜつめつじょうたい》で、それこそ天然記念物《てんねんきねんぶつ》のような扱《あつか》いを受けている。だから、こうした庭園の生《い》け垣《がき》も、人工のものが使われているのだ。

信夫《のぶお》と佐山博士《さやまはかせ》は、あたりに目をくばりながら、生《い》け垣《がき》と生《い》け垣《がき》のあいだの通路《つうろ》を歩きはじめた。生《い》け垣《がき》は、はば一メートルぐらい、高さが二メートルぐらいあり、びっしりと目がつまっているので、となりの通路《つうろ》を歩いている人の姿《すがた》は見えない。

しばらく歩いていくと、緑色の服を着た男が、七、八メートル先の生《い》け垣《がき》の根もとにしゃがんでなにかしていた。足もとに黒いショルダーバッグがおいてある。

「おじいちゃん」

「うむ」

信夫《のぶお》と佐山博士《さやまはかせ》は、足を止め、顔を見あわせてうなずきあった。

前にもうしろにも人がいないのをたしかめると、佐山博士《さやまはかせ》は、上着のポケットからビートガンを取りだしてかまえ、そろそろと男に近づいていった。信夫《のぶお》があとにつづく。
四、五メートルくらいまで歩みよったところで、気配を感じたのか、男が顔を上げた。
三十歳《さい》ぐらいの若《わか》い男で、信夫《のぶお》がすれちがった妖怪刑務所《ようかいけいむしょ》の保管所《ほかんじょ》の看守《かんしゅ》ではなかった。

しかし、変顔《へんがん》ならいくらでも顔が変《か》えられる。

「な、な、なんだ、なんのつもりだ！」

ビートガンを見た男は、顔色を変《か》えて立ち上がろうとした。

「動くな！」

佐山博士《さやまはかせ》がどなって、男の前に立った。

「なんのつもりか、分かっているはずだ。信夫《のぶお》、バッグを」

「うん」

信夫《のぶお》は、男の足もとにおいてあったバッグに手をのばした。バッグの口はあいていた。中にはいっていたのは、ドライバーやペンチ、ハンマーなどの工具ばかりで、巻物《まきもの》はなかった。

「おじいちゃん、巻物《まきもの》はないよ」

「なんだって!?」

佐山博士《さやまはかせ》は、男の頭にビートガンをつきつけた。

「どういうことだ。巻物《まきもの》をどこへやった。正直にいわないと、本当にうつぞ!」

「ちょ、ちょっと待ってください」

男は、あわてて両手を上げた。

「巻物《まきもの》っていわれても、なんのことだか……。わたしは、ハッピータワーの庭園技師《ぎし》で、生《い》け垣《がき》がこわれたので、修理《しゅうり》しに来たんです」

そういわれてみると、男の首からは名札《なふだ》がさがっていて、しゃがんでいた生《い》け垣《がき》の根もとから人工根の細いコードが何本もでている。

「人ちがいか――」

佐山博士《さやまはかせ》はくちびるをかんだ。

「申しわけない。人ちがいでした」

ぴょこんと男に頭をさげると、佐山博士《さやまはかせ》は、

「信夫《のぶお》、急げ!」

信夫《のぶお》をうながし、身をひるがえしてエレベーターのほうへかけもどった。

「どこへ行くの、おじいちゃん！」

信夫《のぶお》はあわててあとを追った。

「一階だ。やつはまだ中にいるにちがいない。外で見張《みは》ってて、でてくるところを捕《つか》まえるんだ！」

ふたりは、エレベーターに飛《と》びのって、一階《かい》におりた。フロアをよこぎって入り口に向かった。そのとき、

「きゃあ、なにすんの！　だれか来てえ！」

女の人の悲鳴が上がった。見ると、ちょうど地下の食料品《しょくりょうひん》売り場からエスカレーターで上がってきた女の人の紙ぶくろを、緑色の制服《せいふく》を着て黒いショルダーバッグをななめがけした男がうばって逃《に》げるところだった。

「やつだ！」

「変顔《へんがん》だ、おじいちゃん！」

佐山博士《さやまはかせ》と信夫《のぶお》は、すぐさま追いかけようとした。すると、

「そこのふたり、待ちなさい！」

鋭《するど》い声で呼《よ》びとめられた。ふりむくと、タワーの警備員《けいびいん》がかけよってくるところだった。

「あのふたりです。ビートガンでわたしをおどしたんです！」

さっきの庭園技師《ぎし》が、叫《さけ》びながら警備員《けいびいん》のあとから走ってきた。

「ちょっと警備室《けいびしつ》まで来てください」

追いついた警備員《けいびいん》は、佐山博士《さやまはかせ》の腕《うで》をつかんだ。

「これにはわけが……」

「わけは、警備室《けいびしつ》で聞きます。さあ」

警備員《けいびいん》は、強引に佐山博士《さやまはかせ》の腕《うで》をひっぱった。

博士《はかせ》がよろめいてひざをついた。

「立って」

警備員《けいびいん》がひきおこそうとしたとき、さっきの女の人がかけよってきた。

「なにしてるのよ！　さっさとあの男を捕《つか》まえてよ！」

女の人は、目をつり上げて、入り口のほうを指さした。

「は？」

警備員《けいびいん》は、とまどったような顔を向けた。

「どうした」

べつの警備員がかけつけてきた。女の人がその警備員《けいびいん》に向かってまくしたてる。買い物客が、何事かと足を止め、まわりを取りかこみはじめた。だれも信夫《のぶお》に注意をはらわない。

信夫《のぶお》は、そろそろとあとずさりして、人たちの輪《わ》からはなれると、入り口に向かった。回転ドアを抜《ぬ》けて、通りにでた。あたりを見まわすと、紙ぶくろをかかえている変顔《へんがん》の姿《すがた》が目にはいった。通りを渡《わた》って向こう側《がわ》の歩道を歩いている。

「逃《に》がすものか」

信夫《のぶお》は、めがねをずり上げると、通りをへだてて変顔《へんがん》を追いはじめた。

← 4巻《かん》へつづく……

どっちがほんとの孔《こう》明《めい》さん？

一

蒼太《そうたい》たちは、県城《けんじょう》にやってきた。城壁《じょうへき》をめぐらした大きな町で、この地方の中心地だ。馬とロバをひいて城門《じょうもん》をくぐると、町は提灯《ちょうちん》や旗《はた》でうめつくされ、通りという通りには屋台が立ちならんでいて、夜市《よいち》がひらかれ、行き交う人たちで混雑《こんざつ》していた。

「なんだ、これは。祭りでもあるのか」

人ごみをかきわけながら、張飛《ちょうひ》がつぶやくと、

「祭りじゃありませんよ。新しい県令《けんれい》さまがいらっしゃったんで、町じゅうで歓迎《かんげい》してるんです」

通りがかった人が、教えてくれた。

「こんどの県令さまは、前の県令《けんれい》とちがって情《なさ》けぶかいという評判《ひょうばん》なので、わたしたちもよろこんでいるんですよ」

「ふん。県令《けんれい》なんて、どれも同じだ。みんな税金《ぜいきん》をしぼりとることしか考えておらんわ」

張飛《ちょうひ》が毒《どく》づいた。

「まあ、町の人たちがよろこんでいるのだから、いいじゃないですか」

孔明《こうめい》がわらいながらなだめた。

「それはそれとして、困《こま》ったことになりそうだなあ」

「なにがなの？」

夏花《かか》が聞いた。

「これだけの人が町にあふれているのは、おそらく、ほかの町からも大勢《おおぜい》の人が

やってきているからだろう。とすると、宿もいっぱいになっているかもしれない」

孔明《こうめい》の心配は現実《げんじつ》となった。たずねてまわったどの宿も満室《まんしつ》だった。どこか泊《と》めてくれる家もさがしてみたが、どの家にも泊《と》まり客《きゃく》がいて、断《ことわ》られた。

「なに、野宿でもかまわん」

張飛《ちょうひ》がひげをなでた。

「酒さえあればな」

「わたしたちはいいけれど……」

孔明《こうめい》は、夏花《かか》と蒼太《そうたい》を見た。

「わたしは平気よ、野宿でも」

「おれも」

夏花《かか》と蒼太《そうたい》が声をそろえた。

「まあ、もう少しさがしてみて、どうしようもなかったら、そうしよう」

孔明《こうめい》はいって、宿さがしをつづけた。

そうやって最後《さいご》にあたってみた宿屋で、望《のぞ》みがわいた。

「ひと部屋だけ、あいております」

と、宿屋の亭主《ていしゅ》が、口ごもりながらも、いったのだ。

「ただ、ちょっと問題がありまして、その部屋にはどなたもお泊《と》めしていないんです」

「問題って、どういうことだ」

張飛《ちょうひ》がたずねた。

「まさか、妖怪《ようかい》がでるっていうんじゃないだろうな」

「とんでもない。その部屋はわたしの父親の部屋のとなりなんですが、父親が夜中に起きて、その部屋にはいりこむくせがあるんです。かぎをかけていても、どうしてかはいってしまうので、お客さまにめいわくをかけてはいけないと、どんなにこんでいても、その部屋にはだれも泊《と》めないことにしているんですよ」

「なんだ、そんなことか」

張飛《ちょうひ》ははははと高わらいした。

「いったんねむってしまえば、朝まで目をさますことはないから、だれがはいってこようと、問題はない」

「張飛《ちょうひ》さんのいびきのほうが問題だわ」

夏花《かか》が皮肉った。

「でもさ、野宿よりましかも」

蒼太《そうたい》がわらった。

「その部屋でけっこうですから、泊《と》めてもらいましょう」

孔明《こうめい》がいった。

「さようですか。では、こちらへどうぞ」

宿屋の亭主《ていしゅ》はうなずいて、四人をうながした。

その部屋は、天井《てんじょう》には蜘蛛《くも》の巣《す》、床《ゆか》にはうっすらとほこりがたまっていた。

正面のかべに、墨《すみ》の色もあせた字が何行か書いてあるはば広い掛《か》け軸《じく》がかけてある。右手は窓《まど》で、窓《まど》の下には長椅子《ながいす》がおいてあり、左手のかべにそって寝台《しんだい》がふたつならんでいた。

「一年ほど前から空き部屋にしていて、そうじもしてないもんですから――」

宿屋の亭主《ていしゅ》は、言いわけした。

「ああ、それから、もし父親がはいってきても、好《す》きなようにさせておいてください。気がすめば、でていきます。声をかけたり、なにかするのを止めたりすると、興奮《こうふん》して暴《あば》れだしますので」

亭主《ていしゅ》は、そうつけくわえた。

四人が食事を終えて部屋にもどると、いちおうそうじはされたらしく、天井《てんじょう》の蜘蛛《くも》の巣《す》はなくなり、床《ゆか》のほこりはふきとられていた。

「さあて、寝《ね》るとするか。ここの親父がでてきても、起こさないでくれよ」

張飛《ちょうひ》は、掛《か》け軸《じく》のわきのかべに背中《せなか》をもたせかけると、すぐに大きないびきをかきはじめた。

「わたしは、こっちで寝《ね》よう」

孔明《こうめい》は、蒼竜剣《そうりゅうけん》をかべに立てかけて、窓《まど》の下の長椅子《ながいす》に横になった。

蒼太《そうたい》と夏花《かか》は寝台《しんだい》に寝《ね》た。夏花《かか》は、張飛《ちょうひ》を皮肉ったくせに、張飛《ちょうひ》のいびきを耳にしながら、すぐに寝《ね》ついてしまった。孔明《こうめい》もねむり、蒼太《そうたい》だけが、となりの部屋が気になって、まだねむれないでいた。

歩きまわる足音とか、なにかを動かす音とか、せきやくしゃみなどが聞こえてきてもおかしくないのだが、となりの部屋からは、なにも聞こえてこなかった。物音ひとつせず、ひっそりと静《しず》まりかえって、人がいる気配が感じられない。

それでも蒼太《そうたい》は、起き上がって戸口に行き、かぎがかかっているのをたしかめた。それでようやく気持ちがおちついて、ねむりについた。

それから一時間あまりたったころ、蒼太《そうたい》はなにかの気配を感じて、ふっと目をさました。そのとたん、ぎょっとして、思わず声を上げそうになった。だれかが夏花《かか》の寝台《しんだい》のわきに立って、夏花《かか》をのぞきこんでいたのだ。

窓《まど》からさしこむ月の光で、部屋の中はうす明るかった。夏花《かか》をのぞきこんでいた者が、ふっと顔を上げた。目がおちくぼみ、頬《ほお》がこけ、白いあごひげをまばらにはやした老人《ろうじん》だった。宿屋の亭主《ていしゅ》の父親にちがいない。

老人《ろうじん》は、夏花《かか》の寝台《しんだい》をはなれて、蒼太《そうたい》のほうに歩みよってきた。宿屋の亭主《ていしゅ》のことばを思いだした蒼太《そうたい》は、目をつむり、体をこわばらせて、石のようにじっとしていた。

老人《ろうじん》が寝台《しんだい》のそばにやってきた気配がした。立ってようすを見ているようだ。ふいにふーっと冷《つめ》たい息を顔に吹《ふ》きかけられた。ぞっとするような冷気《れいき》が顔をつつんだ。蒼太《そうたい》は、必死《ひっし》で声をおさえた。

老人《ろうじん》がはなれていく気配がした。蒼太《そうたい》は、うす目をあけて、ようすをうかがった。老人《ろうじん》は張飛《ちょうひ》の前に立っていた。その顔にふーっと息を吹《ふ》きかけた。張飛《ちょうひ》が身動きしないのを見ると、さらに孔明《こうめい》のほうに歩みよっていく。どうやら、ねむっているのをひとりひとりたしかめているようだ。

孔明《こうめい》の前に立った老人《ろうじん》が、警戒《けいかい》するようにまわりを見まわした。蒼太《そうたい》は、あわてて頭からふとんをかぶった。しばらくしてからそろそろとふとんをめくり、そうっと首をのばした。老人《ろうじん》はけむりのように消えうせていた。夏花《かか》も張飛《ちょうひ》も孔明《こうめい》も、何事もなかったようにぐっすりとねむっている。

——夢《ゆめ》でも見たのかな？

蒼太《そうたい》は首をひねった。けれど、さっきのぞっとするような冷気《れいき》の感じは、まだのこっていた。

——あれが夢《ゆめ》でなんかあるものか。

しかし、戸口のかぎはしまっていたはずだ。老人《ろうじん》はどうやってこの部屋にはいったのだろう。

——やっぱり夢《ゆめ》だったのか……。

蒼太《そうたい》は、なにがなんだか分からなくなってきて、そのままねむってしまった。

二

だれかのわめき声で、蒼太《そうたい》は目をさました。すでに夜は明けていて、部屋は明るかった。

わめいていたのは、孔明《こうめい》だった。

「どこだ、どこだ、どこへいった！」

とわめきながら、部屋じゅうをうろうろさがしまわっている。

「どうしたんだ、軍師《ぐんし》」

張飛《ちょうひ》が、あくびをしながら起き上がった。

「なにをさわいでいるの、孔明《こうめい》さん」

目をこすりながら、夏花《かか》も寝台《しんだい》の上に起きなおった。

「ないんだ、蒼竜剣《そうりゅうけん》が」

孔明《こうめい》は、夏花《かか》の寝台《しんだい》の下をのぞきこみながら、いった。

「ゆうべ長椅子《ながいす》で寝《ね》るときに、わきのかべに立てかけておいたのだが、今朝起きてみると、影《かげ》も形もない」

「どこかちがうところにおいたんじゃない？」

夏花《かか》がいった。

「思いちがいって、だれにもあるわよ」

「思いちがいではない。たしかに長椅子《ながいす》のわきのかべに立てかけたのだ！」

孔明《こうめい》は、体を起こすと、むきになって夏花《かか》をにらんだ。

「じゃあ、あたしたちがねむっているあいだに、だれかが持っていったとか」

「そんなはずはない。さっき調べたが、戸口にも窓《まど》にも内側《うちがわ》からかぎがかかっていた。だれもこの部屋にははいれなかったはずだ」

「まさか、蒼竜剣《そうりゅうけん》がひとりで自由に動きまわるわけはないしなあ」

蒼太《そうた》も、自分の寝台《しんだい》の下をのぞいてみた。白っぽいほこりがぶあつくたまっているほかは、なにもない。

「いや、わからんぞ。ひとりでに鞘《さや》から抜《ぬ》けでるような剣《けん》だからな。勝手に動きまわることもあるかもしれん」

張飛《ちょうひ》がいった。

「たとえば、この掛《か》け軸《じく》のうしろにかくれていたりしてな」

張飛《ちょうひ》は、正面のかべにかかっていた掛《か》け軸《じく》を力まかせにひっぱった。掛《か》け軸《じく》がばさりと床《ゆか》におちた。

「おいおい、どういうことだ、これは」

張飛《ちょうひ》が声を上げた。掛《か》け軸《じく》のうしろのかべに、人ひとり通りぬけられるくらいの穴《あな》があいていたのだ。

「となりの部屋に通じているみたいですね」

孔明《こうめい》が穴《あな》をのぞいていった。

「向こうにも、掛《か》け軸《じく》がかかっているようだ。こっちからはうら側《がわ》が見える」

「そうか。あれは夢《ゆめ》じゃなかったんだ！」

蒼太《そうた》がぱんと手を打った。

「え、なに？　なんのことよ？」

夏花《かか》がけげんな顔をした。

「うん。じつはさ――」

蒼太《そうた》は、ゆうべの老人《ろうじん》のことを話した。

「あのおじいさんは、あの穴《あな》から出入りしてたんだ。だから、戸口のかぎがしまってても、この部屋にはいれたんだ」

「ということは、そのじじいが蒼竜剣《そうりゅうけん》を持っていったとも考えられるな」

張飛《ちょうひ》がひげをなでた。

「とにかく、行ってみましょう」

孔明《こうめい》がまず穴《あな》をくぐった。つづいて夏花《かか》と蒼太《そうた》。張飛《ちょうひ》の体はかべの穴《あな》より大きかったので、こぶしでかべをたたきくずし、穴《あな》を大きくしてからくぐった。

そこは、四人が泊《と》まった部屋より少しせまかったが、はいったとたん、四人ともおどろきのあまり、一瞬《いっしゅん》ことばを失《うしな》った。

部屋のまん中に長い台がおいてあり、その上に黒い棺《ひつぎ》がのっていたのだ。棺《ひつぎ》のまわりには造花《ぞうか》がかざられていたが、台の前には、男物や女物のくつ、上ばき、布切れ、欠けた茶碗《ちゃわん》やお椀《わん》、皿、箸《はし》、杯《さかずき》、小瓶《こびん》、陶製《とうせい》のおき物などが山のようにつみかさなっていた。

「なんだ、これは」

張飛《ちょうひ》があきれたように、ひげをしごいた。

「おかしな取りあわせですねえ」

孔明《こうめい》が、棺《ひつぎ》と台の前のがらくたに目をやりながら、首をひねった。

「ねえ、ここって、宿屋のおじさんのお父さんの部屋のはずよね」

夏花《かか》が声をふるわせた。

「なのに、なんでお棺《かん》があるの?」

「もしかしたら――」

蒼太《そうたい》は、ゆうべの老人《ろうじん》を思いうかべた。あの老人《ろうじん》は、鬼《き》だったかもしれない。

鬼《き》とは、日本の幽霊《ゆうれい》のようなものだ。

そのとき、扉《とびら》がひらいて、宿屋の亭主《ていしゅ》がはいってきた。

「あなた方、ここでいったいなにをしているんです！」

亭主《ていしゅ》は、けわしい顔つきをして、四人を見まわした。

「勝手にこの部屋にはいっては困《こま》ります」

「いや、じつは……」

孔明《こうめい》が、いきさつを話した。

「そうでしたか」

亭主《ていしゅ》は、顔つきをやわらげた。

「もしかしたら、そのなんとかという剣《けん》は、親父が持っていったのかもしれません」

そういうと、亭主《ていしゅ》は棺《ひつぎ》に歩みよって、ふたをあけた。孔明《こうめい》と張飛《ちょうひ》は顔色も変《か》えなかったが、夏花《かか》と蒼太《そうたい》は、ぎょっとして、思わずあとずさった。

棺《ひつぎ》の中には模様《もよう》のついたきれいなふとんがしいてあり、その上に白い着物を着たひとりの老人《ろうじん》が横たわっていた。目がおちくぼみ、頰《ほお》がこけ、白いあごひげをまばらに生やしている。ゆうべ蒼太《そうた》が見た老人《ろうじん》だ。青白い顔をしていたが、まるで生きているようだった。目をとじ、うすい胸《むね》に蒼竜剣《そうりゅうけん》をしっかりと抱《だ》きかかえている。

「申しわけありません。やっぱり、親父のしわざでした」

亭主《ていしゅ》は、老人《ろうじん》の両腕《りょううで》を力まかせに広げると、蒼竜剣《そうりゅうけん》を取り上げて、孔明《こうめい》に渡《わた》した。

「親父さんは、死んでいるのではないかね」

蒼竜剣《そうりゅうけん》を受けとりながら、孔明《こうめい》がたずねた。

「ええ」

亭主《ていしゅ》はうなずいた。

「一年前に流行病《はやりやまい》で亡《な》くなりました」

「ちょっと。じゃあ、死体がとなりの部屋にのこのこやってきて、蒼竜剣《そうりゅうけん》を持ちだしたってわけ？」

夏花《かか》が、ふるえ声でいった。

「親父《おやじ》は、僵尸《きょうし》なんです」

「僵尸《きょうし》？」

「ええ。死んでも腐《くさ》らないで、生きているときと同じような状態《じょうたい》になっているものを僵尸《きょうし》というんです。僵尸《きょうし》は、棺《ひつぎ》や墓場《はかば》からでてあちこち歩きまわります。親父も、葬式《そうしき》の準備《じゅんび》をしているうちにいつのまにか棺《ひつぎ》から抜《ぬ》けでて、ほかの部屋に倒《たお》れていたので、僵尸《きょうし》だと分かりました。

墓《はか》に葬《ほうむ》るわけにもいかないので、こうして棺《ひつぎ》に入れて、見まもっているのです。親父は、日中は棺《ひつぎ》の中でおとなしくしていますが、夜になると、棺《ひつぎ》のふたをあけて外にでてきて、歩きまわり、明け方に棺《ひつぎ》にもどるのです。はじめのうち、棺《ひつぎ》に釘《くぎ》を打ってでられないようにしてみたのですが、ものすごい力で棺《ひつぎ》をやぶってでてきてしまうので、今はもう好《す》きなようにさせています。

ただ、親父にはわるいくせがありまして、夜中にあちこちの部屋にしのびこんでは、くつや布《ぬの》や茶碗《ちゃわん》など、部屋にあるものを手あたりしだいに持ってきてしまうのです。それで、ほかの部屋のお客には、部屋のかぎをかならずかけるように注意して、となりの部屋だけはかべに穴《あな》をあけて行き来できるようにし、いろんな品物をおいて持ってこられるようにしていたのです。

しかし、まさかこんな剣《けん》のようなものまで持ってくるとは、思いもよりませんでした。ほんとうに申しわけありませんでした」

宿屋の亭主《ていしゅ》は、あらためてふかぶかと頭をさげた。

「ごめいわくをおかけしたおわびに、宿賃《やどちん》はいただきません」

「そいつはありがたい。ついでに、こいつに酒をいっぱい入れてくれ」

張飛《ちょうひ》が、いつも腰《こし》にさげている大きなひょうたんをさしだした。

「だけど、ちょっとひっかかるんだよなあ」

もとの部屋にもどると、蒼太《そうた》が首をひねった。

「なにがひっかかるの？」

夏花《かか》が、蒼太《そうた》を見やった。

「あの部屋には、おれたちのくつとか、荷物とかがおいてあったはずだけど、僵尸《きょうし》が持っていったのは、蒼竜剣《そうりゅうけん》だけだった。そのことがひっかかるんだよ」

「僵尸《きょうし》は、はじめから蒼竜剣《そうりゅうけん》をねらってたっていいたいわけ？」

「というより、だれかが僵尸《きょうし》をあやつっていたんじゃないかなあ」

「ちょっと考えすぎじゃない？」

夏花《かか》がいった。

「蒼太《そうたい》の勘《かん》はよくあたるけど、こんどははずれみたい」

「わたしもそう思う」

孔明《こうめい》がうなずいた。

「かりに蒼太《そうたい》の勘《かん》があたっていたとしても、蒼竜剣《そうりゅうけん》は無事《ぶじ》にもどってきたんだし、べつに気にしなくていいんじゃないかな」

「それに、宿賃《やどちん》はただになったし、ひょうたんにも酒がいっぱいになる。僵尸《きょうし》さまさまだぜ」

張飛《ちょうひ》が、早くもぐびりとのどを鳴らした。

三

やがて四人は県城《けんじょう》をでた。ほこりっぽい道をしばらく行くと、土まんじゅうが、いくつも折《お》りかさなるようにして盛《も》り上《あ》がっているところにやってきた。

土まんじゅうのあいだには、細長い布切《ぬのき》れをくりつけた竹の棒《ぼう》が何本もさしてある。

布切《ぬのき》れには、字が書きつけてあったようだが、どれもうすれていた。布切《ぬのき》れも茶色に変色《へんしょく》したり、ちぎれてずたずたになったりしている。竹の棒《ぼう》も折《お》れてばらばらになっているのもたくさんあった。

「なあに、これ」

夏花《かか》が土まんじゅうを見まわしながら、聞いた。

「墓場《はかば》だよ」

孔明《こうめい》が答えた。

「それも、だいぶ古い墓場《はかば》のようだ」

土まんじゅうは、どれも雑草《ざっそう》におおわれていた。なかには、半分くずれているようなのもある。陰気《いんき》で荒《あ》れはてた雰囲気《ふんいき》があたりにただよっていた。

「なんだか、気味がわるいわ」

「こういう古い墓場《はかば》には、何十年ものあいだ死体がつみかさなっていて、陰《いん》の気がこもっているんだ」

「やだ。早く通りぬけてしまいましょうよ」

夏花《かか》はぶるっとふるえて、孔明《こうめい》をうながした。

と、そのときだった。

土まんじゅうのひとつに、とつぜん穴《あな》があき、そこから黒いけむりが勢《いきお》いよく吹《ふ》きだしてきて、四人に襲《おそ》いかかった。

馬とロバがおどろいてさお立ちになり、孔明《こうめい》と夏花《かか》、蒼太《そうたい》をふりおとして走りだした。

「おい、待て待て！」

張飛《ちょうひ》があわてて追いかけた。

蒼太《そうたい》は、腰《こし》をさすって立ち上がった。さいわい、ふりおとされたときに腰《こし》をちょっと打っただけで、たいしたことはなかった。黒いけむりをすかして、孔《こう》明《めい》と夏花《かか》の姿《すがた》が見えた。孔明《こうめい》が夏花《かか》を抱《だ》きおこしている。ふたりとも無事《ぶじ》だったようだ。孔明《こうめい》が、夏花《かか》をかばいながらおちたのだろう。

黒いけむりが晴れた。

「あれ？」

蒼太《そうたい》は目をこすった。孔明《こうめい》と夏花《かか》のそばにだれかいる。もう一度目をこすって見なおした蒼太《そうたい》は、おどろきのあまり、その場に立ちつくした。

「ああ、やれやれ。やっと捕《つか》まえたわ」

陽気な声とともに、そのとき張飛《ちょうひ》が馬とロバをひいてもどってきた。

「なんだ、さっきの黒いけむ……⁉」

いいさして、張飛《ちょうひ》は目をむいた。

蒼太《そうたい》がぼうぜんと立ちつくし、張飛《ちょうひ》が丸い目をさらに丸くしたのも、無理《むり》はなかった。夏花《かか》をはさんで右に孔明《こうめい》、そして、左にも孔明《こうめい》が立っていたのだ。

ふたりとも、まったく同じ顔、同じ服装《ふくそう》で、蒼竜剣《そうりゅうけん》を背負《せお》っているところも同じだ。

「お前はだれだ!」

右の孔明《こうめい》が叫《さけ》んだ。

「お前こそ、だれだ!」

同じ声で左の孔明《こうめい》が叫《さけ》びかえした。

「わたしは、孔明《こうめい》だ」

「わたしこそ、孔明《こうめい》だ」
ふたりはにらみあった。

「ちょっと、どうなってるのよう」

夏花《かか》が、とまどったようにふたりをかわるがわる見やった。

「どっちがほんとの孔明《こうめい》さんなの？」

「わたしだ」

右の孔明《こうめい》が夏花《かか》にうなずいてみせた。

「いや、ほんとうの孔明《こうめい》は、わたしだ」

左の孔明《こうめい》が、夏花《かか》を強い目で見かえした。

「張飛《ちょうひ》どの、蒼太《そうたい》、よく見てくれ。わたしだ、孔明《こうめい》だ。ついさっきまでいっしょにいたじゃないか」

右の孔明《こうめい》が、自分の顔を指さしながら、いった。

「蒼太《そうたい》、張飛《ちょうひ》どの。だまされてはいけない。なんのためにわたしになりすましているのか分からないが、そいつはにせ孔明《こうめい》だ！」

左の孔明《こうめい》が、右の孔明《こうめい》をおしのけて、前にでた。

「なにをするか！」

「なにがなんだと!?」

ふたりはまたにらみあった。

と、ひとりの孔明《こうめい》が蒼竜剣《そうりゅうけん》を背中《せなか》からはずして、わきに投げると、もうひとりの孔明《こうめい》に飛《と》びかかった。もうひとりの孔明《こうめい》は、ひらっと体をかわすと、自分も蒼竜剣《そうりゅうけん》をはずして、相手に飛《と》びかかった。

争《あらそ》いがきらいなはずの〝孔明《こうめい》〟が、なぐりあい、けとばしあい、組みあって、土ぼこりをまき上げながらくんずほぐれつの乱闘《らんとう》をはじめた。

「やめて、やめて！」

夏花《かか》が悲鳴を上げた。

「だれでもいいから、なんとかしてえ！」

ようやく我《われ》に返った張飛《ちょうひ》が、あいだにわってはいり、えりくびをつかんでふたりをひきはなした。ふたりとも、髪《かみ》はみだれ、顔じゅう泥《どろ》まみれで、あちこちにひっかき傷《きず》をこしらえて、ハアハアと口で大きく息をしていた。着物も泥《どろ》だらけで、あちこち裂《さ》けている。

「いったい、どうしてこんなことになったんだ？」

張飛《ちょうひ》は、夏花《かか》と蒼太《そうたい》を見やった。

「黒いけむりが襲《おそ》ってきて、孔明《こうめい》さんといっしょに馬からおちた。けむりが消えたと思ったら、孔明《こうめい》さんがふたりになってたの」

「おれもおんなじだよ。ロバからおちて、気がついたら、孔明《こうめい》さんがふたりいたんだ」

夏花《かか》と蒼太《そうたい》は口をそろえた。

「ふむ。その黒いけむりがくせものだな」

張飛《ちょうひ》は腕《うで》を組んだ。

「それはともかく、この世にまったく同じ人間がふたりいるはずはない。どっちかがにせの孔明軍師《こうめいぐんし》だ」

「だから、にせ者はこいつ」

「ちがう。そいつがにせ者だ」

ふたりの孔明《こうめい》が、またつかみあいをはじめそうになった。

「まあまあ、おちついて。姿《すがた》かたちで見分けがつかなければ、中身で判断《はんだん》するよりないな」

張飛《ちょうひ》はそういうと、出身地や家族、劉備《りゅうび》と出会ってからの出来事などをやつぎばやに質問《しつもん》した。ふたりの孔明《こうめい》は、かわるがわる張飛《ちょうひ》の耳に答えをささやく。そのたびに、張飛《ちょうひ》の頭がたてにふられた。

「ふたりとも、まったく同じ答えだ。これでは判断《はんだん》がつかん」

張飛《ちょうひ》はむずかしい顔になった。

「いっそのこと、ふたりともいっしょにつれていくか。どっちにしても変《か》わりはないのだし……」

「蒼太《そうたい》、どうにかならないの？」

夏花《かか》が蒼太《そうたい》をふりむいた。

「三国志《さんごくし》にくわしいんでしょ。ほんとうの孔明《こうめい》さんだけが知っているはずのことが書いてあるんじゃない？」

「そういわれてもなあ」

蒼太《そうたい》は困《こま》った。孔明《こうめい》が『三国志《さんごくし》』で本格的《ほんかくてき》に活躍《かつやく》するのは、今現在《げんざい》ではまだ実現《じつげん》していない赤壁《せきへき》の戦《たたか》いからだ。未来《みらい》のことを聞いても、答えられるわけがない。

「そうだ。あれを歌ってよ！」

ふっとひらめいた蒼太《そうたい》は、ふたりの孔明《こうめい》に向かっていった。
「ほら、草笛《くさぶえ》を吹《ふ》いて歌ってたやつ」
「あれか。よし」
ひとりの孔明《こうめい》が歌いだした。
「お空はまんまる地上は碁盤《ごばん》
勝ったり負けたり白と黒
勝てばにっこり
負ければしおしお」
「このつづきを歌ってみて」
蒼太《そうたい》がいうと、もうひとりの孔明《こうめい》はにやりとわらって、すらすらとあとをつづけた。
「けれどもここは別天地
のんびりごろりと横になり
昼寝《ひるね》の夢《ゆめ》でも見ようかい」
「だめか」

「だめね」

蒼太《そうたい》と夏花《かか》はがっかりして肩《かた》をおとした。

「こうなったら、最後《さいご》の賭《か》けだ」

張飛《ちょうひ》がいった。

「すまんが、夏花《かか》、協力《きょうりょく》してくれ」

「どうするの？」

「つまりだな、お前の腕《うで》を両方からふたりの軍師《ぐんし》が力いっぱいひっぱりあう。

そして、ひっぱりっこに勝ったほうを本物の軍師《ぐんし》とみとめる――というわけだ」

「そんなの、無茶苦茶《むちゃくちゃ》だよ！」

蒼太《そうたい》が叫《さけ》んだ。

「夏花《かか》をひっぱりあって、勝ったほうが、どうして本物なのさ」

「だから、賭《か》けだといったろう。まあ、おれにまかせておけ」

張飛《ちょうひ》は自信《じしん》たっぷりにひげをしごいた。

「じゃあおれが夏花《かか》のかわりになるよ。夏花《かか》がかわいそうだ」

「いや、夏花《かか》でなければ、この賭《か》けはうまくいかん」

張飛《ちょうひ》は首をふった。

「どうだ、夏花《かか》。やってくれるか」

「いいわ。張飛《ちょうひ》さんを信《しん》じる」

夏花《かか》はうなずいた。

「ありがたい。軍師《ぐんし》たちはどうかな？」

張飛《ちょうひ》は、ふたりの孔明《こうめい》を見た。

「わたしは、いい」

「わたしもだ」

ひとりの孔明《こうめい》がうなずくと、もうひとりの孔明《こうめい》もつづいた。

「よし。でははじめよう」

張飛《ちょうひ》は、夏花《かか》をまん中にして、その両わきにふたりの孔明《こうめい》を立たせると、それぞれに夏花《かか》の左右の腕《うで》を取らせた。

「はじめ！」

張飛《ちょうひ》が号令《ごうれい》をかけた。ふたりの孔明《こうめい》が、夏花《かか》の両腕《りょううで》をひっぱりはじめた。夏花《か》は、はじめのうち、ひっぱられるのにしたがって、右に左によろめいていたが、そのうちに両足をふんばって仁王立《におうだ》ちになると、どちらにもひっぱられなくなった。そのかわりに、腕《うで》が痛《いた》くなるらしく、しきりにまゆをしかめた。

張飛《ちょうひ》は、冷静《れいせい》にようすを見つめ、蒼太《そうた》は、はらはらしながら夏花《かか》を見まもった。

ふたりの孔明《こうめい》が、しだいに力を入れだした。痛《いた》みにけんめいにたえているのか、夏花《かか》の顔がゆがみはじめた。

けれど、とうとうたえ切れなくなったのか、

「やめて、やめて、腕《うで》がちぎれそう！」

と、涙《なみだ》をうかべて泣《な》きさけんだ。

すると、右側の孔明《こうめい》が手をはなした。夏花《かか》は、一気に左のほうにひっぱられて、左側《ひだりがわ》の孔明《こうめい》の胸《むね》に倒《たお》れこんだ。

「さて、これで、わたしが本物の孔明《こうめい》だということですね」

左側《ひだりがわ》の孔明《こうめい》が、夏花《かか》を抱《だ》きかかえて、にやりとわらった。

四

「いいや」

張飛《ちょうひ》は首をふって、右側《みぎがわ》の孔明《こうめい》を指さした。

「こっちが本物の孔明軍師《こうめいぐんし》だ」

「なぜです。ひっぱりっこに勝ったほうが本物だといったじゃないですか」

「あれはうそだ」

「なんですって⁉」

「孔明軍師《こうめいぐんし》は、争《あらそ》い事《ごと》がきらいで、思いやりのある、気持ちのやさしい人だ。腕《うで》をひっぱられて痛《いた》がっている夏花《かか》を見て、なんとも思わないはずはない。思ったとおり、夏花《かか》が痛《いた》がって泣《な》きさけんだら、こっちの孔明軍師《こうめいぐんし》が手をはなした。だから、こっちが本物の孔明軍師《こうめいぐんし》だ」

夏花《かか》が、抱《だ》きかかえられていた孔明《こうめい》の手をふりはらうと、右側《みぎがわ》の孔明《こうめい》の胸《むね》に飛《と》びこんだ。孔明《こうめい》は、やさしくその肩《かた》を抱《だ》いた。蒼太《そうたい》も走りよって、夏花《かか》の背《せ》をなでた。

「くそっ、だましたな！」

にせ孔明《こうめい》は、目をつり上げ、ぎりぎりと歯をかんだ。

「残念《ざんねん》だったな。姿《すがた》や形を軍師《ぐんし》に似《に》せ、記憶《きおく》まで取りこんでも、心はどうにもならなかったようだ。さあ、にせ者め、おれさまが正体をあばいてやる。覚悟《かくご》しろ！」

張飛《ちょうひ》は、蛇矛《じゃぼう》を持ちなおした。

「さすがは張飛《ちょうひ》、よく見やぶったな」

そのとき、墓場《はかば》のほうから大きな声が聞こえてきた。全身黒ずくめで、目のまわりだけ白い男が、土まんじゅうのあいだに立っていた。背中《せなか》に剣《けん》を背負《せお》っている。

「黒風怪《こくふうかい》！」

張飛《ちょうひ》は、黒ずくめの男をにらみつけた。

「きさまのことは、孔明軍師《こうめいぐんし》や蒼太《そうたい》たちから聞いている。孔明軍師《こうめいぐんし》を曹操《そうそう》のところへつれて行こうとしているそうだな。ははあ、わかったぞ。にせ軍師《ぐんし》はきさまのしわざか」

「そのとおり。お前たちににせ孔明《こうめい》をおしつけて、本物をつれさろうと思ったのだが、まさかお前に見やぶられるとは思わなかった」

黒風怪《こくふうかい》はにがわらいした。

「だが、安心するのはまだ早いぞ。おい！」

黒風怪《こくふうかい》は、にせ孔明《こうめい》に向かってあごをしゃくった。

「ほんとうの姿《すがた》を見せてやれ」

すると、にせ孔明《こうめい》が両腕《りょううで》を大きく広げて、ゆらゆらとふった。とたんに、その姿《すがた》は鷲《わし》のような大きな鳥に変《か》わった。全体に黒ずんでいたが、かぎのようなくちばしと鋭《するど》い爪《つめ》は、雪のように白い。くちばしをのぞけば人間の顔をしていて、つり上がった太いまゆの下で、青い目が燐《りん》のように光り、細い針金《はりがね》のような髪《かみ》の毛《け》が、もじゃもじゃとからみあいながら肩《かた》までたれさがっている。

「な、な、なんだ、こいつは」

張飛《ちょうひ》はおびえたようにあとずさった。孔明《こうめい》も夏花《かか》も蒼太《そうたい》もその場にかたまった。

「そやつは、羅刹鳥《らせつちょう》だ」

黒風怪《こくふうかい》がいった。

「さっきそっちの孔明《こうめい》がいったように、古い墓地《ぼち》には陰《いん》の気がたまっていて、そいつがこりかたまって羅刹鳥《らせつちょう》になるのさ。いろんなものに化けることができるので、おれが墓場《はかば》から呼《よ》びだして、孔明《こうめい》に化けさせたのだ」

奇怪《きかい》な鳥は、キーキーと耳ざわりな鳴き声を上げた。

「よし、やれ。まず張飛《ちょうひ》からだ。じゃまにならないところにほうりだしてこい」

黒風怪《こくふうかい》が命じると、羅刹鳥《らせつちょう》はばさばさっと羽音を立てて飛《と》び立った。

「よ、よせ。来るな！」

張飛《ちょうひ》は、蛇矛《じゃぼう》を投げすて、頭をかかえて逃《に》げだした。孔明《こうめい》は、とっさに両腕《りょううで》を広げ、夏花《かか》と蒼太《そうた》を抱《だ》きかかえるようにして、かばった。羅刹鳥《らせつちょう》は、逃《に》げる張飛《ちょうひ》にすばやく飛《と》びかかり、鋭《するど》くまがった爪《つめ》でその帯《おび》をつかむと、大きくはばたいて舞《ま》い上《あ》がり、飛《と》びさった。

一瞬《いっしゅん》の出来事で、孔明《こうめい》も夏花《かか》も蒼太《そうた》も、どうすることもできずに、ぼうぜんとするばかりだった。

しばらくして、羅刹鳥《らせっちょう》が舞《ま》いもどってきた。爪《つめ》にはなにもつかんでいない。

黒風怪《こくふうかい》のそばに舞《ま》いおりると、羽をたたんだ。

「よくやった。つぎはガキどもだ。くちばしで目をくりぬいてやれ」

黒風怪《こくふうかい》がいうと、羅刹鳥《らせっちょう》は、またキーキーと鳴き声を上げた。

「さて、孔明《こうめい》どの」

黒風怪《こくふうかい》は、にやりと孔明《こうめい》にわらいかけた。

「羅刹鳥《らせっちょう》にガキどもの目をくりぬかれたくなかったら、おれといっしょに来てもらおうか。曹操《そうそう》さまのところへな」

「断《ことわ》る」

孔明《こうめい》は、足もとにおちていた蒼竜剣《そうりゅうけん》をひろい上げた。

「羅刹鳥《らせっちょう》だかなんだか知らないが、来るなら来い。この蒼竜剣《そうりゅうけん》をお見まいしてやる」

「あははは」

黒風怪《こくふうかい》があざわらった。

「よせよせ。羅刹鳥《らせつちょう》が相手では、その剣《けん》では無理《むり》だ」

「なにっ」

孔明《こうめい》は、すばやく蒼竜剣《そうりゅうけん》をひきぬいた。そのとたん、その口からおどろきの声がもれた。

「なんと、これは⁉」

蒼竜剣《そうりゅうけん》は、いつものように刀身から神秘的《しんぴてき》な青白い光をはなつ――はずだった。ところが、刀身はいっこうに光らず、おまけに刃先《はさき》からつばのあたりまで、点々とさびがういている。

「ふふ、おどろいたか」

黒風怪《こくふうかい》は、背中《せなか》から剣《けん》をはずし、すらりとひきぬいた。刀身がぼーっと青白く光りかがやいた。まぎれもなく、蒼竜剣《そうりゅうけん》だ。

「なによ。なんで黒風怪《こくふうかい》が蒼竜剣《そうりゅうけん》を持ってるの？」

「どういうことなんだ」

夏花《かか》と蒼太《そうたい》は、信《しん》じられないように、黒風怪《こくふうかい》の手の中にある蒼竜剣《そうりゅうけん》を見つめた。

「すりかえたのよ」

黒風怪《こくふうかい》が得意《とくい》げにいった。

「お前たちがゆうべ泊《と》まった宿屋でな」

「あっ、じゃあ、あの僵尸《きょうし》が⁉」

蒼太《そうた》が叫《さけ》んだ。

「察《さっ》しがいいな。そのとおりだ。宿屋の亭主《ていしゅ》に金をやって、お前たちがねむっているあいだに僵尸《きょうし》に蒼竜剣《そうりゅうけん》を持ちださせたのだ。そして、あらかじめ作っておいたにせの蒼竜剣《そうりゅうけん》を本物とすりかえて、棺《ひつぎ》の中の僵尸《きょうし》に持たせておいたのさ。蒼竜剣《そうりゅうけん》がなければ、どうすることもできまい。え、孔明《こうめい》さんよ」

黒風怪《こくふうかい》は、口もとをゆがめてあざけると、羅刹鳥《らせっちょう》をふりかえった。

「やれ！」

羅刹鳥《らせっちょう》が、ばさばさと羽音を立てはじめた。土ぼこりがさあっと舞《ま》い上《あ》がり、一瞬《いっしゅん》あたりが暗くなった。

「さがっていなさい」

孔明《こうめい》は、夏花《かか》と蒼太《そうた》を背中《せなか》にかばうと、

「たとえにせ物でも、妖怪《ようかい》などに負けはしない」

いつものおだやかな顔つきとはうってかわって、目をつり上げ、口もとをひきしめ、必死《ひっし》の形相でにせの蒼竜剣《そうりゅうけん》をかまえた。

羅刹鳥《らせつちょう》が飛《と》びたった。いったん空高く舞《ま》い上《あ》がり、それからまっしぐらに孔《こう》明《めい》たちめがけて急降下《きゅうこうか》してきた。

ほとんど同時に、黒風怪《こくふうかい》の手から青白い光とともに蒼竜剣《そうりゅうけん》が飛《と》びはなれ、宙《ちゅう》を飛《と》んで急降下《きゅうこうか》してくる羅刹鳥《らせつちょう》に勢《いきお》いよくつきささった。

ぎぎぎぎぎぎゃあああああ！

羅刹鳥《らせつちょう》はすさまじい悲鳴を上げると、つぎの瞬間《しゅんかん》黒いけむりとなり、ぱっと消えた。

「やったぞ！」

孔明《こうめい》は叫《さけ》んで、にせの蒼竜剣《そうりゅうけん》を投げすてた。

「蒼竜剣《そうりゅうけん》がわたしたちをまもってくれた」

蒼竜剣《そうりゅうけん》は、宙《ちゅう》で一回転して、孔明《こうめい》の手におさまった。

黒風怪《こくふうかい》は、思いもかけなかったなりゆきにぼうぜんとしていたが、やがて我《われ》に返った。

「くそっ。孔明《こうめい》から蒼竜剣《そうりゅうけん》をうばってしまえばなんとかなると思ったが、あまかったようだ」

ぎりぎりと歯をかみならすと、

「だが、これであきらめるわけにはいかん。また新しい作戦《さくせん》を考えよう」

身をひるがえして墓場《はかば》の奥《おく》に走りさった。

「よかった」

「助かった」

夏花《かか》と蒼太《そうたい》は、ほっとして手を取りあった。

「張飛《ちょうひ》どのはどうしたかな」

孔明《こうめい》は、蒼竜剣《そうりゅうけん》を鞘《さや》におさめると、あたりを見まわした。

「そうだ、張飛《ちょうひ》さん」

「張飛《ちょうひ》さんのこと、わすれてた」

夏花《かか》と蒼太《そうたい》は、はっと顔を見あわせた。

「張飛《ちょうひ》どの！」

「張飛《ちょうひ》さーん！」

「張飛《ちょうひ》さーん、返事して！」

蛇矛《じゃぼう》をかついで孔明《こうめい》が馬をひき、ロバを蒼太《そうたい》がひいて、三人は口々に張飛《ちょうひ》の名を呼《よ》びながら、羅刹鳥《らせっちょう》が張飛《ちょうひ》をつかんで飛《と》びさったほうへ歩いていった。

しばらく行くと、

「おーい、ここだ、ここだ！」

高いところから声が降《ふ》ってきた。見ると、高い樫《かし》の木のてっぺんに張飛《ちょうひ》がしがみついている。羅刹鳥《らせつちょう》におきざりにされたのだろう。

「お、おろしてくれえ。おれは、高いところが苦手なんだあ。下を見ると、目がまわる」

張飛《ちょうひ》が無事《ぶじ》なのを見て、孔明《こうめい》も蒼太《そうた》も夏花《かか》もほっとした。

子どものころ木のぼりが得意《とくい》だったという孔明《こうめい》が、樫《かし》の木にとりついて、するするとのぼっていき、無事《ぶじ》に助けおろした。

「やれやれ助かった。あんな高いところにおきざりにされて、生きた心地がしなかったわ」

張飛《ちょうひ》は、べたりと地面に尻《しり》をつけて、ふうっと大きな息をついた。

「妖怪《ようかい》が苦手で、おまけに高所恐怖症《こうしょきょうふしょう》だなんて、張飛《ちょうひ》さんたらどんな豪傑《ごうけつ》なのよ」

夏花《かか》がにくまれ口をたたいたが、その目にはうっすらと涙《なみだ》がうかんでいた。

「まあ、そういうな。妖怪《ようかい》と高いところ以外《いがい》は、おれさまに敵《てき》なしさ」

張飛《ちょうひ》は、ひげをしごきながら立ち上がった。

「張飛《ちょうひ》さん。あの賭《か》けは、ほんとに自信《じしん》があったの？」

蒼太《そうたい》は張飛《ちょうひ》に聞いてみた。

「まあな。孔明軍師《こうめいぐんし》が、痛《いた》がる夏花《かか》を無理《むり》にひっぱるはずはないと、おれは信じていたからな」

「そう。あれ以上《いじょう》はわたしには無理《むり》だった」

孔明《こうめい》は静《しず》かにうなずいた。

「しかし、夏花《かか》には痛《いた》い思いをさせてしまった。許《ゆる》してくれ」

「いや、あやまるのはおれのほうだ。すまん。このとおりだ」

張飛《ちょうひ》は、夏花《かか》に向かってぺこりと頭をさげた。

「いいのよ。腕《うで》なんか、もうなんともないんだから」

夏花《かか》は明るくわらった。

そういえば——と、蒼太《そうたい》は思った。夏花《かか》が張飛《ちょうひ》を信《しん》じなければ、あの賭《か》けは成功《せいこう》しなかった。張飛《ちょうひ》は孔明《こうめい》を信《しん》じ、夏花《かか》は張飛《ちょうひ》を信《しん》じた。人を信《しん》じる心が、黒風怪《こくふうかい》のたくらみを打ちやぶったのだと思った。

だが、そのとき。

まるで突風《とっぷう》のように、張飛《ちょうひ》のことばが蒼太《そうたい》の頭の中をかすめすぎていった。

——あのときだ。あのとき、張飛《ちょうひ》さんはなんていった？

『いっそ、ふたりともいっしょにつれていくか。どっちにしても変《か》わりはないのだし』

孔明《こうめい》がふたりになって、どっちが本物か判断《はんだん》がつかなくなったとき、張飛《ちょうひ》はそういった。

——どっちにしても変《か》わりはないって、どういうことだ？　ふたりとも〈にせもの〉ってことなのか……？

人を信《しん》じる心にかわって、まっ黒な疑惑《ぎわく》が、黒雲のようにむくむくとわき起《お》こってきた。

作者　三田村　信行（みたむら　のぶゆき）

一九三九年東京都に生まれる。早稲田大学文学部卒業。幼年童話から大長編まで幅広く活躍している。『風の陰陽師』（ポプラ社）で巌谷小波文芸賞、日本児童文学者協会賞を受賞。主な作品に「きつねのかぎや」シリーズ、「へんてこ宝さがし」シリーズ（ともにあかね書房）、「キャベたまたんてい」シリーズ（金の星社）、「ネコカブリ小学校」シリーズ（ＰＨＰ研究所）、『おとうさんがいっぱい』（理論社）ほか多数がある。東京都在住。

画家　十々夜（ととや）

富山県に生まれる。大阪美術専門学校卒業。ゲームのイラストからキャラクターデザイン、児童書の挿画まで様々な分野で活躍している。挿画の作品として「妖怪道中膝栗毛」シリーズ（あかね書房）、「ルルル♪動物病院」シリーズ、「アンティークＦＵＧＡ」シリーズ（ともに岩崎書店）、「サッカー少女サミー」シリーズ（学研）、『おなやみ相談部』（講談社）ほかがある。京都府在住。

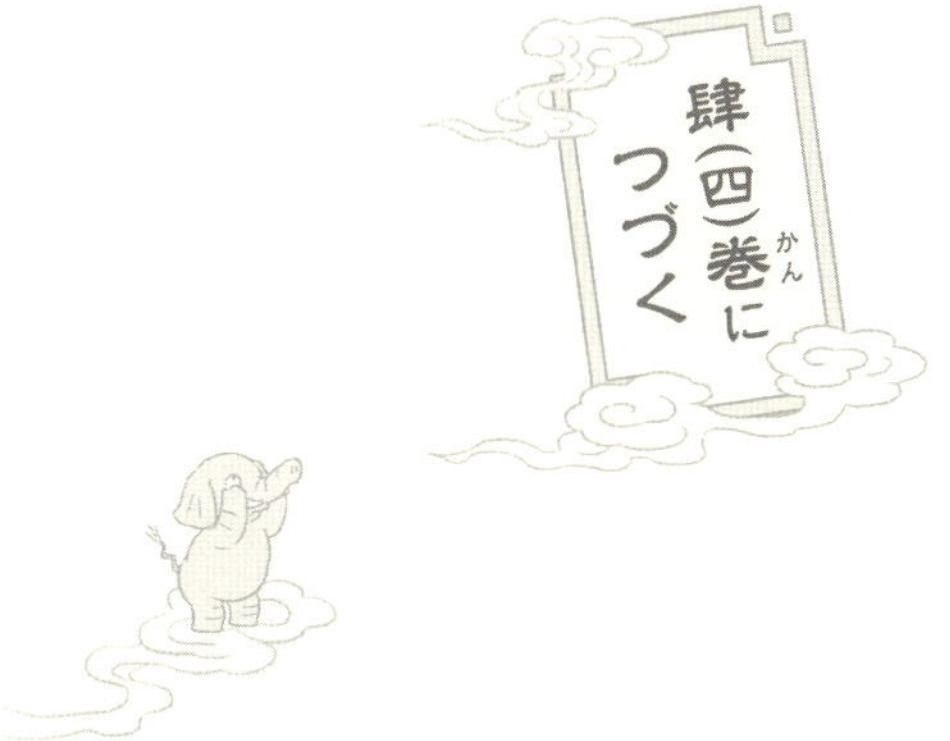

妖怪道中三国志・3

孔明 vs. 妖怪孔明

二〇一六年一一月二五日　初版発行

作　者　三田村信行
画　家　十々夜
発行者　岡本光晴
発行所　株式会社あかね書房
　　　　〒一〇一－〇〇六五
　　　　東京都千代田区西神田三－二－一
電　話　〇三－三二六三－〇六四一（営業）
　　　　〇三－三二六三－〇六四四（編集）
印刷所　錦明印刷株式会社
製本所　株式会社難波製本
装　丁　吉沢千明

NDC913　161ページ　21cm

ISBN978-4-251-04523-2
乱丁・落丁本はお取りかえいたします。定価はカバーに表示してあります。
http://www.akaneshobo.co.jp

「三国志《さんごくし》」の世界で、

歴史《れきし》をまもる旅が、いまはじまった！

妖怪道中三国志《ようかいどうちゅうさんごくし》

シリーズ

三田村信行・作　十々夜・絵

1 奪《うば》われた予言書《よげんしょ》

予言書《よげんしょ》の巻物《まきもの》が妖怪《ようかい》に奪《うば》われた！　蒼一《そういち》たちは歴史《れきし》をまもるため、“三国志《さんごくし》”の時代へ。出会ったのは呉《ご》へと旅をする孔明《こうめい》と張《ちょう》飛《ひ》だったが！？

2 壁画《へきが》にひそむ罠《わな》

蒼太《そうたい》と名前を変《か》え、４人で旅をはじめた蒼一《そういち》。ところがつぎつぎと妖怪《ようかい》に襲《おそ》われる。美女に壁《へき》画《が》のなかへ招《まね》かれた孔明《こうめい》を、つれもどせるのか……？

3 孔明《こうめい》vs.妖怪孔明《ようかいこうめい》

歴史《れきし》をまもるため、孔明《こうめい》・張飛《ちょうひ》たちと旅をつづける蒼太《そうたい》。ところが、妖怪《ようかい》のしわざで、孔明《こうめい》そっくりな孔明《こうめい》が出現《しゅつげん》！　妖怪《ようかい》を見やぶることができるのか！？

以下続刊

妖
紅蘭